LES CORRESPONDANTS DE PEIRESC

VIII

LE CARDINAL BICHI

ÉVÊQUE DE CARPENTRAS

LETTRES INÉDITES ÉCRITES A PEIRESC

(1632-1637)

Suivies de

DIVERSES LETTRES ADRESSÉES AU MÊME SAVANT

Relatives au comtat Venaissin et à la principauté d'Orange

PUBLIÉES

AVEC AVERTISSEMENTS, NOTES & APPENDICES

PAR

PHILIPPE TAMIZEY DE LARROQUE

PARIS
A. Picard, libraire
Rue Bonaparte, 82.

MARSEILLE
M. Lebon, libraire
Rue Paradis, 43.

1885

A Monsieur L. Delisle
hommage affectueux
Ph. Tamizey de Larroque.
Gontaud, 12 janvier 1885

LE CARDINAL BICHI

LETTRES INÉDITES ÉCRITES A PEIRESC

SUIVIES DE

Diverses Lettres adressées au même savant

Extrait de la *Revue de Marseille et de Provence*.

Tiré à 120 exemplaires.

LES CORRESPONDANTS DE PEIRESC

VIII

LE CARDINAL BICHI

ÉVÊQUE DE CARPENTRAS

LETTRES INÉDITES ÉCRITES A PEIRESC

(1632-1637)

Suivies de

DIVERSES LETTRES ADRESSÉES AU MÊME SAVANT

Relatives au comtat Venaissin et à la principauté d'Orange

PUBLIÉES

AVEC AVERTISSEMENTS, NOTES & APPENDICES

PAR

PHILIPPE TAMIZEY DE LARROQUE

PARIS
A. PICARD, libraire
Rue Bonaparte, 82.

MARSEILLE
M. LEBON, libraire
Rue Paradis, 43.

1885

PREMIÈRE PARTIE

LETTRES DU CARDINAL BICHI

AVERTISSEMENT

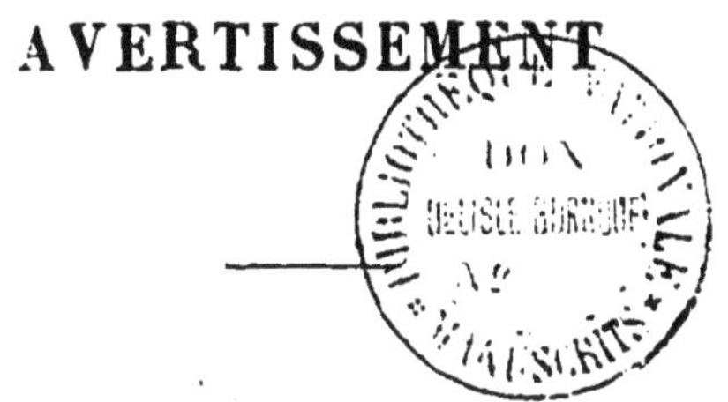

Le cardinal Bichi a deux grands mérites à mes yeux, sans parler de tous ses autres mérites : il a beaucoup aimé la France et beaucoup aimé Peiresc. A ce double titre il m'a paru digne d'occuper une place dans la galerie où j'ai déjà réuni plusieurs des correspondants de l'illustre conseiller au Parlement de Provence et où, si mes forces ne trahissent pas ma bonne volonté, je compte réunir encore une trentaine au moins d'autres hommes d'élite qui furent honorés de la confiance et de l'affection de mon héros (1).

(1) Parmi ces hommes d'élite je citerai : Salomon Azubi, rabbin de Carpentras ; Boniface Borrilly, l'antiquaire d'Aix ; les Bourdelot (oncle et neveu) ; l'historien languedocien Guillaume de Catel ; les frères de Chasteuil-Galaup ; le genevois Elie Diodati ; André Duchesne, le père de l'histoire de France ; les frères Dupuy ; Gassendi ; le cardinal de la Valette, archevêque de Toulouse ; les frères de Maran ; l'helléniste Jacques de Maussac ; le père Mersenne ; Charles de Montchal, archevêque de Toulouse ; Gabriel Naudé ; l'orientaliste nimois Samuel Petit ; les frères Ranchin (de Montpellier) ; Tristan de Saint-Amant, le numismate parisien ; J.-M. Suarès, évêque de Vaison ; Palamède de Fabri, sieur de Valavez, de Valois, etc.

Je reproduirai d'abord une courte et excellente notice sur le cardinal Bichi, tirée d'un précieux manuscrit conservé dans la bibliothèque d'Inguimbert (sous le n° 530) : *Histoire du Comté Venaissin et de la ville d'Avignon* ; par Joseph Fornéry (1). A la suite de cette notice, je donnerai quelques extraits de divers autres recueils qui la compléteront sur divers points et qui aideront le lecteur à attendre le travail définitif qu'un jour ou l'autre l'on consacrera, soit dans la patrie réelle du cardinal Bichi, soit dans sa patrie adoptive, à un des hommes les plus distingués du XVIIe siècle (2).

(1) Voir les détails donnés, par feu M. Lambert, sur les trois volumes in-folio dont se compose ce manuscrit, dans le *Catalogue descriptif et raisonné des manuscrits de la Bibliothèque de Carpentras* (tome I, 1862, p. 336-388). Conférez l'article *Fornéry* du *Dictionnaire historique, biographique et bibliographique du département de Vaucluse* par le docteur Barjavel (tome I, 1841, p. 498-500). Le recueil de Fornéry fournirait de nombreuses et importantes additions à une nouvelle édition du *Gallia christiana*.

(2) Aucun travail spécial sur Bichi n'est mentionné dans la *Bibliographie biographique* d'Édouard-Marie Œttinger (Leipsic, 1850). Nos recueils biographiques l'ont presque tous oublié. Dans la plus complète édition du *Moréri* (1759), il n'a obtenu qu'un article de cinq lignes bien comptées. La *Biographie Michaud* ignore son existence, et la *Nouvelle Biographie générale* ne le connaît pas davantage. L'auteur de la monographie qui vengera Bichi de tant d'injustes dédains trouvera beaucoup de lettres de lui dans les archives du Ministère des affaires étrangères. Je n'ai pas besoin d'ajouter que les archives du Vatican doivent contenir aussi beaucoup de documents écrits ou dictés par l'habile diplomate.

ALEXANDRE BICHI (1)

Alexandre Bichi né à Brême (2), mais d'une famille très illustre de Sienne, était évêque d'Isola en Calabre (3), lorsque le pape Urbain VIII le transféra à l'évêché de Carpentras le 8 septembre de l'an 1630. Bichi partit incessamment d'Italie pour venir à Carpentras. Etant arrivé à Cavaillon (4), le 29 octobre, il écrivit à Raimond Vilhardi, archidiacre et grand vicaire de l'Eglise de Carpentras, qu'il le faisait son procureur pour prendre en son nom possession de cette Eglise dont il lui en envoyoit la bulle. Cette possession fut prise le lendemain 30 octobre. Avant que de partir de Rome, le Pape l'avoit déclaré Nonce auprès de Louis XIII, roi de France. On lui donna ce titre dans cette prise de possession. Il ne résida alors qu'un mois à Carpentras. Ensuite il alla à Paris où il s'attira bientôt l'estime du Roi et du cardinal de Richelieu par son habileté et par son attachement aux intérêts de la France (5).

(1) Tome II, histoire ecclésiastique, f° 302-306.

(2) La date de la naissance n'est pas indiquée ici, mais elle est indirectement indiquée plus loin, Fornéry nous rappelant que le cardinal Bichi mourut en 1657, âgé de 61 ans, ce qui le fait venir au monde en 1596.

(3) Depuis le 5 mai 1628.

(4) Chef-lieu de canton de l'arrondissement d'Avignon, à 27 kilomètres de cette ville.

(5) Le nom du cardinal Bichi revient bien souvent dans les huit volumes des *Lettres et papiers d'Etat du cardinal de Richelieu* publiés par M. Avenel. Richelieu, écrivant, en décembre 1636, à Mazarin, alors à Rome (tome V, p. 706), s'exprime ainsi sur Bichi : « Vous sçavez comme j'aime mon dict sieur le Cardinal; je ne me sentiray pas peu vostre obligé si vous accommodés cette affaire en sorte que luy et son frère soient satisfaits de M. le Mareschal d'Estrées, qui asseurément les servira ». En juin 1637, Richelieu (tome V, p. 1039) réclame la protection de Bichi pour Abra de Raconis, nommé évêque de Lavaur, au sujet des frais de cette nomination. Le 10 septembre 1638, il recommande (tome VI, p. 158) l'évêque de Carpentras à Chavigny, pour le jour où quelque abbaye deviendra vacante. Le 20 mars 1639 (tome VI, p. 358), Richelieu prie Bichi d'intervenir à Rome en faveur de Mazarin « sujet si digne du cardinalat ». Dans ce même

Louis XIII, qui récompensoit largement les services qu'on lui rendoit, lui donna l'abbaye de Saint-Pierre en Lorraine (1) et celle de Montmajour d'Arles. Ce prince enfin pria le Pape d'accorder le chapeau de cardinal à Bichi à sa première promotion, ce que le Saint-Père fit à celle du 28 novembre de l'an 1633 (2) et lui donna le titre de Sainte-Sabine. Le Roi le déclara aussi comprotecteur (3) de la nation françoise.

Après quatre années de nonciature en France, Bichi vint résider à son église de Carpentras jusques à l'an 1637 qu'il alla à Rome recevoir le chapeau de cardinal. La cérémonie fut faite le 2 avril de cette année et bientôt après il reprit le chemin de Carpentras où il arriva aux acclamations des habitants de cette ville, qui lui firent toujours tous les honneurs possible.

Quoique cette Eminence fût continuellement employée par le Pape et tantôt par le Roi de France à des négocia-

tome VI, on trouve Bichi mêlé (p. 623, 638, 654, 655) à diverses affaires (Brisach, cardinal de La Valette, nonce Scoti). Richelieu était si bien disposé pour le cardinal Bichi, que, le 8 février 1638 (tome VII, p. 184), ayant appris (c'était un faux bruit) qu'un certain abbé des Marets venait de mourir, il s'empressa de donner à l'évêque de Carpentras le bénéfice dont cet abbé jouissait, le prieuré du Saint-Esprit « qui vaut 10,000 livres de rente ». Le 25 octobre 1640 (tome VII, p. 1047), Richelieu appelait l'attention de Bichi sur la satisfaction que Louis XIII attendait pour l'assassinat de Rouvray, assassinat (1639) qui mit tant de trouble dans les relations entre la cour de Paris et la cour de Rome.

(1) Saint-Pierre du Mont, au diocèse de Metz.

(2) Le *Moréri* met cette nomination en 1634 et cela deux fois, à l'article *Bichi* et à l'article *Cardinaux* (septième promotion d'Urbain VIII, t. III, p. 231). Le *Gallia Christiana* (tome I, col. 913) donne la même date que Fornéry.

(3) Une singulière faute d'impression a fait dire aux rédacteurs du *Dictionnaire de Moréri*: «puis fut *comme protecteur de France*». Voir dans le recueil d'Aubery (tome V, p. 542) une lettre de félicitation de Richelieu à Bichi, à l'occasion de l'envoi du brevet de la comprotection de France. Ce recueil renferme plusieurs lettres du grand ministre à l'évêque de Carpentras qui n'ont pas été réimprimées par M. Avenel. Bichi remplaçait le cardinal de Savoie, devenu comprotecteur d'Espagne.

tions très épineuses, et que par conséquent il fit peu de séjour à Carpentras, il ne laissa pas que de faire abattre l'ancien palais épiscopal et de faire bâtir le superbe palais à la moderne et d'un très bon goût qu'on voit aujourd'hui attenant à son église cathédrale (1). Les grandes dépenses qu'il fit pour cela ne l'empêchèrent pas d'embellir son église. Il fit changer les autels des chapelles et les fit mettre en face vis-à-vis ceux de l'autre côté de la nef. Le maître-autel qui étoit au fond du chœur fut placé entre le presbitère et le chœur. Il fit faire deux tribunes dans le presbitère à celle du côté de l'Epître. Il fit transporter les orgues qui étoient au milieu de l'église. Ces tribunes furent ornées de tableaux et de dorures. Il fit voûter toutes les tombes. C'est en faisant ce travail qu'on trouva un lézard d'une grosseur prodigieuse, car il étoit aussi gros qu'un cochon de six mois (2). Enfin, pour la commodité du peu-

(1) Voici comment le *Gallia Christiana* loue la générosité quasi royale avec laquelle Bichi construisit un nouveau palais épiscopal : « *Palatium episcopale temporum injuria deformatum destruxit, et regia pene munificentia a fundamentis erigi curavit, ejus potius fundator quam instaurator.* » On trouvera plus loin divers détails sur la reconstruction tant vantée par les auteurs du *Gallia Christiana*.

(2) J'ai appelé sur cet étrange reptile l'attention des lecteurs de la *Provence historique illustrée* (n° 6). Je demande là si le lézard en question est bien authentique et n'est pas quelque parent éloigné des fantastiques animaux qui figurent dans les vieilles légendes. -- Ajoutons qu'en déplaçant les dalles de la cathédrale, on trouva (1642) le cadavre d'une femme qui, quoique inhumé depuis longtemps, ne présentait aucune apparence de corruption. Voir le traité du Père Th. Raynaud : *De in corruptione cadaverum occasione demortui fœminei corporis post aliquot sæcula incorrupti, nuper refossi Carpentoracti* (Avignon, chez Jacques Bramereau, 1645, in-8°; Orange, chez Edouard Raban, 1654, in-8°) et dans le XVII° volume in-f° des œuvres complètes du fécond, autant que singulier érudit (Lyon, 1665). A défaut du traité même, voir les détails fournis à ce sujet par le docteur Barjavel (article *Raynaud*, p. 306, 307) et par les pères de Backer et Sommervogel (*Bibliothèque des écrivains de la Compagnie de Jésus*, tome III, in-f°, colonne 66). Bichi fut obligé d'intervenir pour calmer les esprits des habitants de Carpentras surexcités par la découverte d'un cadavre si merveilleusement conservé.

ple, il fit faire autour des chapelles des bancs de bois noyer.

Les négotiations où il étoit employé l'obligeoient à faire de fréquents voyages (1). Il alla à Paris en 1639. Louis XIII, qui avoit confiance en lui, l'envoya en Italie l'an 1643 (2) pour offrir la médiation de la France au Pape et aux princes ligués contre ce Pontife, au sujet de Castro. La guerre étoit fort vive et les peuples d'Italie souffroient beaucoup. C'est dans cette négotiation où son habileté et sa prudence parurent avec éclat. Il parvint à être seul médiateur de ce différend. On ne sçauroit croire combien d'allées et de venues, il employa auprès de ces princes pour concilier leurs divers intérêts et les engager à terminer cette guerre par un traité de paix qu'il dicta et qui eut son exécution à la satisfaction des parties (3), ce qui mit le comble à sa louange et augmenta fort sa réputation. Elle étoit si bien établie, que la cour de France, durant la minorité du roi Louis XIV, ne crut pas trouver une personne plus propre que lui pour

(1) On aurait même désiré qu'il en fit de plus fréquents encore, car nous lisons dans un *Mémoire pour les affaires de Rome* rédigé par Richelieu en février 1639 (*Recueil Avenel*, tome VI, p. 289) : « On estime à propos que M le cardinal allast presentement à Rome, où son voyage ne pourroit qu'estre tres utile au public et agreable aux cardinaux neveux (les cardinaux Antoine et François Barberin) et au Pape. » A propos de voyages et de Richelieu, rappelons, d'après Michel Le Vassor (*Histoire de Louis XIII*, tome IV, p. 201), qu'en 1632 le nonce Bichi accompagna le premier ministre de Louis XIII en Languedoc et en Guyenne.

(2) Bichi avait dû faire un autre voyage en Italie quelques mois auparavant, car M. Avenel cite (tome VI, p. 572) une lettre de M. d'Amontot, envoyé de France à Gênes, lequel écrivait d'Aix, le 21 janvier 1642, à Mazarin, alors auprès de Richelieu : « Le cardinal Bichi a passé icy, il m'a fort parlé des affaires de Gênes, et de la conduite que j'y dois tenir. »

(3) Fornéry renvoie (en note) à l'*Histoire de Venise* de Bapt. Nanni, tome IV. A mon tour, je renverrai au *Mercure* de Vittorio Siri, où l'on verra le récit complet (tome IV, 1re partie, p. 451 et suiv.) des négociations de Bichi. Tous les historiens de Louis XIII, Le Vassor, le P. Griffet, M. Bazin, ont rendu hommage à la prudence et à l'habileté de notre plénipotentiaire.

appaiser les troubles qui régnoient en Provence. Il eut commission d'y aller en 1649 en qualité de médiateur. Etant arrivé à Aix, il ménagea si bien les esprits du peuple et de ceux qui le soutenoient, qu'il parvint à leur faire mettre bas les armes et fit leur accord avec le comte d'Alais (1).

Il ne fut pas si heureux à pacifier les troubles d'Avignon en 1652. Le peuple et la noblesse, chacun de son côté, avaient poussé les choses aux dernières extrémités. Il eut beau faire, il ne put pas manier le peuple d'Avignon comme il avoit fait celui d'Aix, ce qui fit qu'il pencha trop pour la noblesse. Au moins il fut accusé de partialité, et on fit entendre au pape Innocent X que Bichi étoit un obstacle à l'accommodement. Quoique dans le fond cela ne dût pas être véritable, le Pape ne laissa pas que de l'appeler à Rome en 1654 par un bref, où, sous prétexte d'être informé de sa propre bouche du détail de tous ces désordres et de leur cause, le Saint-Père le retint honorablement assez longtemps, et Bichi qui se sentoit déjà vieux prit de lui-même la résolution de finir ses jours à Rome. Il se choisit un coadjuteur pour son évêché de Carpentras : ce fut l'évêque de Cavaillon (2). Bichi mourut le 24 mai (3)

(1) Sur cet accord, qui a été surnommé la *paix Bichi*, on pourrait citer l'*Histoire d'Aix* de Pitton, celle de Haitze (en cours de publication), les *Mémoires* de Régusse et bien d'autres livres du XVIIe siècle. Je me contenterai de mentionner le dernier en date des ouvrages consacrés à l'histoire de la fronde provençale : *Relation des troubles occasionnés en Provence par l'établissement d'une chambre semestre et du mouvement dit le Sabre, publiée d'après un manuscrit inédit de la Bibliothèque Méjanes* par M. Albert Savine (Aix, 1881, grand in-8°, p. 61-64).

(2) Louis de Fortia, qui lui succéda sur le siège de Carpentras (1657-1661). Voir sur ce prélat une notice de Fornéri dans la partie du tome II réservée aux évêques de Cavaillon (f° 401). Conférez *Gallia Christiana* (tome I, col. 914).

(3) D'après le *Dictionnaire de Moréri*, le 25 mai. C'est aussi la date indiquée par le *Gallia Christiana* et par l'épitaphe qui s'y trouve reproduite; c'est la date adoptée par M. l'abbé Louis Bertrand (de Saint-Sulpice) dans une savante note sur Bichi, à propos de l'abbaye de Montma-

de l'année 1657, âgé de 61 ans. Il fut enterré dans l'église de Sainte-Sabine, qui étoit celle de son titre, avec son frère Cœlio Bichi, auditeur de Rotte. On fit graver sur son tombeau l'épitaphe que l'on trouvera ci-après (1).

Le cardinal Bichi avoit un vaste génie et on ne doute pas qu'après la mort du cardinal de Richelieu il n'eût eu la place de premier ministre, si Mazarin qui se trouva sur les lieux ne l'eût obtenue par sa souplesse et par ses intrigues (2).

jour que ce prince de l'Eglise réforma un peu malgré lui *(invitus invitam)*, en 1639. Voir *Les Prieurs de Sainte-Croix* dans *L'Aquitaine* du 1er juin 1883, p. 423-434, et dans le tirage à part (Bordeaux, 1884, grand in-8°, p. 47, 48).

(1) Je n'ai pas cru devoir reproduire ce morceau qui est assez long et fort insignifiant. On peut le voir non-seulement dans le *Gallia* déjà cité, mais aussi dans le recueil de Ciaconius : *Vitæ et res gestæ Pontificum Romanorum et Cardinalium* (Rome, 1677, tome IV, col. 589,590).

(2) On a de bonnes raisons de croire que jamais la reine-régente n'avait un seul moment pensé à confier à Bichi le dangereux héritage de Richelieu. Mazarin, dans sa correspondance publiée par M. Chéruel, traite toujours l'évêque de Carpentras en confident et en ami. Voici comment il parle, le 14 février 1643, de ce prétendu rival au père provincial Mazarin, son frère, qui vivait à Rome (tome I, p. 83) : « Monseigneur le Cardinal Bichi se trouve ici chez moi; il est venu pour remercier Sa Majesté de l'abbaye qui lui a été donnée dernièrement [celle de Montmajour], et pour prendre congé du Roi avant de se mettre en route pour l'Italie : il croit pouvoir le faire promptement, en ayant fait demander la permission à Sa Majesté. » Plusieurs importantes lettres de Mazarin sont adressées à Bichi (tome I, p. 216, du 30 juin 1643; p. 307, du 24 avril 1643 ; p. 362, du 11 septembre 1643. Cette dernière roulant en entier sur les cabales des importants. La lettre du 24 avril 1643 est particulièrement flatteuse pour Bichi. Mazarin, qui était l'homme aux compliments, n'en a peut-être jamais adressé autant à personne. Dans cette lettre, Mazarin insiste pour que Bichi ne reprenne pas le chemin du Comtat Venaissin (p. 317) : « Que Votre Eminence me pardonne si je lui dis franchement que les circonstances ne permettent pas qu'elle retourne en ce moment à Carpentras, parce que, la paix entre le Pape et le duc de Parme une fois faite, il est nécessaire qu'elle aille à Rome former un parti pour la France; que Votre Eminence soit sûre que, tant que durera mon crédit, elle servira notre Couronne avec beaucoup d'honneur et d'avantage. » Dans le tome II, nous ne prendrons (car il faut se borner, surtout quand les notes envahissantes menacent de submerger le texte) qu'une citation à une lettre italienne écrite, le 25 novembre 1544, *Al Padre Mazarini*,

Bichi aimait les gens sçavans et il les protégeoit. M. de Marca, nommé à l'évêché de Conserans, ne pouvoit pas obtenir ses bulles à cause de son ouvrage *De la Concorde du Sacerdoce et de l'Empire*, qui avoit déplu à Rome. Bichi, après la mort d'Urbain VIII, sollicita si fort ces bulles auprès d'Innocent X qu'il les obtint (1), mais M. de Marca fut obligé de donner des explications de son livre (2).

Maestro del Sacro Palazzo (p. 100) : « *Incorrutissimo, di fede e di zelo incomparabile per questa Corona... io lo tengo per un amico più sviscerato e fidele che io habbi al mondo.* » On voit par cet éloge si ardent de la loyauté, du zèle et de la fidèle affection de Bichi, que Grotius n'avait pas tort, l'année précédente, de présenter l'évêque de Carpentras comme un des plus dévoués partisans de Mazarin (*Epistolæ ineditæ*, p. 72).

(1) Je me reproche de n'avoir pas rappelé l'heureuse intervention de Bichi, dans l'*Avertissement* mis en tête des *Lettres inédites de Pierre Marca, évêque de Conserans, archevêque de Toulouse et de Paris*, etc. (1881, grand in-8°). Il ne faut pas que j'ajoute à ce tort un nouveau tort, en omettant de dire que Bichi ne protégea pas seulement les savants comme Marca, mais encore les poètes comme Nicolas Saboly. On s'étonne de ne trouver dans le *Dictionnaire* du Dr Barjavel, aucune mention de la faveur dont l'auteur des *Noëls* jouit auprès de l'évêque de Carpentras. On lit dans l'*Avant-propos* de *Li Nouvè de Saboly* (réimpression de J. Roumanille, Avignon, 1879) que Mgr Bichi aima le jeune Saboly, devina son génie poétique, et le nomma (16 avril 1633) prieur de Sainte-Madeleine, bénéfice attaché au maître-autel de la cathédrale de Saint-Siffrein.

(2) Fornéry n'a rien dit du grand rôle joué par le cardinal Bichi dans les conclaves de 1644 et de 1655. Tous les historiens d'Innocent X et d'Alexandre VII ont signalé ce rôle. Pour ce qui regarde le dernier conclave, j'indiquerai surtout les récits du cardinal de Retz (*Mémoires*, aux années 1654, 1655). L'admirable narrateur mentionne souvent Bichi, qui, comme il le rappelle, était allié à Chigi (le futur Alexandre VII). Quoique, selon sa propre déclaration (*Œuvres complètes*. Collection des *Grands écrivains de la France*, tome V, p. 19), Bichi l'eût traité *de haut en bas, et même avec mépris*, Paul de Gondy lui donne de grands éloges et le proclame *papable*, dans ce passage sur la faction de France (p. 39) : « Ce n'est pas qu'elle manquât de sujets, et même capables. Bichi, habile et rompu dans les affaires, y devait tenir naturellement un grand poste. » On peut consulter encore sur Bichi au conclave les *Mémoires* de Gui Joli et ceux de Goulas. Dans ces derniers mémoires on reproche à Bichi (tome II, p. 47), d'avoir mieux aimé servir, en cette occasion, l'Italie que la France, mais on ajoute ce correctif qui me semble le plus joli du

Après avoir mis sous les yeux du lecteur cette notice inédite, je vais en reproduire une autre, beaucoup plus courte, qui a été déjà publiée, mais depuis si longtemps et dans un recueil si oublié, qu'elle est presque aussi peu connue que la précédente. Je la tire de *La Toscane françoise, contenant les éloges historiques et généalogiques des princes, seigneurs et grands capitaines de la Toscane, lesquelz ont esté affectionnez à la couronne de France*, etc., par *Messire Jean-Baptiste* L'HERMITE DE SOLIERS, *dit Tristan, chevalier de l'Ordre du Roy et l'un des gentilshommes servans de Sa Majesté* (Paris, Jean Picot, 1661, in-4° dédié à Mlle d'Orléans) (p. 175, 176) (1) :

Ce beau feu (pour la France) continue d'échauffer les Siennois, et semble encore avoir repris de nouvelles forces en ces derniers temps, en la personne d'un prince de l'Eglise, du mesme sang de Piccolomini, lequel, ne bornant point ses inclinations par des désirs impuissants, nous a laissé de sensibles marques de la force de son esprit dans les employs et négociations, qu'il a heureuse-

monde : « Si ce n'est qu'on veuille dire qu'il ne fut pas en son pouvoir. » Puisque nous citons le témoignage de Goulas, ajoutons qu'il raconte (p. 116, sous l'année 1645), que Bichi fit la première ouverture auprès d'Anne d'Autriche et de Mazarin au sujet du rappel de Mme de Montbazon, « la trouvant belle, disaient les gens, et le plus grand ornement de la Cour. » Goulas a voulu décocher une épigramme au cardinal Bichi, mais ne peut-on pas se demander s'il n'y avait pas autant de charité que de bon goût dans les démarches faites par le prélat en faveur de la séduisante disgraciée ?

(1) Je dois l'indication de la notice de l'Hermite de Soliers à la gracieuse obligeance de M. Jules de Terris qui publie, depuis quelques mois, dans le *Bulletin historique, archéologique de Vaucluse*, une *Histoire des évêques de Carpentras* aussi consciencieusement préparée qu'élégamment écrite, digne, en un mot, de l'auteur du beau volume sur l'*Histoire des évêques d'Apt*. Quand M. de Terris atteindra l'époque

ment exécutez, pour l'honneur de la France et le repos de l'Europe. L'Eminentissime Alexandre Bichi, cardinal du titre de Sainte-Sabine, évesque de Carpentras et comprotecteur des affaires de France, fils de Vincent et de Faustine Picolomini, fut principalement employé dans la fameuse paix d'Italie, lorsque tant de souverains mirent les armes bas et qu'il s'attira les bénédictions de tant de peuples. Le Roi, qui l'avoit jugé digne de cetle négociation, se servit aussi de sa sagesse pour esteindre les émotions de la Provence et ce feu des partialitez qui menaçoit tant de provinces ; mais les plus importants services que le cardinal Bichi a rendus à la France n'éclatent pas au jour, comme des actions militaires ; et l'on peut dire, par les apparences, que ce prince a fait autant de coups d'Estat, que son Eminence a esté appellée de fois au conseil secret et dans les délibérations de nos premiers ministres. Ce cardinal, continuant tousjours ses affections pour nostre nation, est décédé à Rome l'an 1657 et a esté inhumé en l'église de son titre, avec son frère Lelio (1) Bichi, auditeur de Rotte, sous un riche tombeau de marbre, que leur a fait élever le marquis de Galganus leur frère. Cette maison, des plus nobles et anciennes de la ville de Sienne, avoit auparavant esté illustrée par la pourpre d'un autre cardinal. L'Eminentissime Michel Bichi estoit oncle de nostre Alexandre, et comme luy l'ornement de son siècle.

Examinons maintenant un reproche qui a été souvent adressé à Bichi par MM. les archéologues et que je trouve formulé pour la première fois dans

du cardinal Bichi, il n'aura pas de peine à compléter le travail d'un devancier qui aime à le féliciter d'avance de ses riches trouvailles et de l'habile emploi qu'il en fera.

(1) *Sic.* Faute d'impression, pour *Celio*. Voir l'épitaphe plus haut mentionnée.

un *Mémoire sur quelques anciens monuments du Comtat Venaissin* par l'éminent auteur de l'*Histoire de Nimes*, Léon Ménard, mémoire lu devant l'Académie des inscriptions et belles lettres, le 18 avril 1761, et inséré dans le recueil de la savante compagnie (1). Le docte antiquaire parle ainsi de l'arc de triomphe gallo-romain que l'on admire aujourd'hui dans la cour du palais de justice de Carpentras (p. 393) :

Cet ancien édifice, placé sur l'endroit le plus élevé de la ville, se trouve aujourd'hui enchâssé dans la partie du bâtiment de l'évêché qui en forme la cuisine et les offices. Ce fut le cardinal Bichi, évêque de Carpentras, qui. plus occupé de sa propre gloire et des négociations qu'il conduisit avec beaucoup de succès à la cour de France et à celle de Rome, que de l'étude des bâtiments anciens et de leur conservation, laissa perdre et envelopper ce beau monument dans la maçonnerie du palais épiscopal qu'il fit construire vers l'an 1640. Cependant, avec quelque attention, on en découvre les principaux morceaux et presque toute l'ordonnance.

Les auteurs de l'excellent article *Carpentras* du *Dictionnaire géographique, historique, etc. des Gaules et de la France* (tome II, 1764, p. 86-106) (ce furent trois savants indigènes qui se cotisèrent pour le fournir à l'abbé J.-J. Expilly) disent à leur tour :

Il est également surprenant et fâcheux que le cardinal Bichi, qui a laissé une si grande idée de sa magnificence,

(1) *Mémoires de littérature tirés des registres de l'Académie royale des inscriptions et belles-lettres* (édition in-12, tome LIX, Paris, 1773) p. 390-436.

par le palais épiscopal qu'il fit construire à Carpentras pendant qu'il était évêque de cette ville, n'ait pas épargné un si précieux monument, et l'ait mutilé et avili pour ne point déranger le plan d'architecture qu'on lui avait fait pour la construction de son palais (1). C'est une merveille que cet arc de triomphe ait pu subsister presque en son entier, depuis tant de siècles et malgré les ravages qu'a essuyés la ville de Carpentras de la part d'une infinité de nations barbares dont la fureur se portait indifféremment sur toutes sortes d'objets. On y a fait une voûte pour le rendre propre à une cuisine, sans néanmoins endommager les colonnes intérieures...

A.-Louis MILLIN (*Voyage dans les départements du Midi de la France*, tome IV, première partie, Paris 1811, in-8°, p. 127) répète en ces termes les doléances de ses devanciers :

Nous allâmes d'abord à l'évêché, où l'on voit encore des restes d'un arc de triomphe que le cardinal Bichi, évêque de cette ville, a fait mutiler en 1640, pour ne point déranger le plan qui lui avait été proposé par l'architecte qui a bâti son palais. Cet arc est actuellement enclavé dans la cuisine, dont il forme un des murs. On y voit deux colonnes et quatre pilastres cannelés ; sur l'autre face du même mur, qui donne dans la cour, il y a deux captifs attachés à un trophée... On gémit quand on pense que la

(1) Cette tirade se retrouve textuellement dans le discours préliminaire du *Recueil de divers titres sur lesquels sont fondés plusieurs droits et privilèges dont jouit la ville de Carpentras, capitale du Comté Venaissin*, etc. (Carpentras, 1782, in-4°, p. VII). Ce discours est l'œuvre de Charles Cottier, un des trois érudits Carpentrassiens qui furent les collaborateurs d'Expilly. Cottier, en puisant dans l'article du *Dictionnaire géographique*, reprenait son bien là où il le trouvait. Puisque j'ai nommé Cottier, je dirai qu'il a décrit avec force éloges, dans le *Discours préliminaire* réimprimé en 1827, sous le titre de *Notice historique sur la ville de Carpentras*, le palais construit par Bichi.

fureur des barbares avait épargné ce curieux monument, et qu'un prélat, qui devait être plein de l'étude des auteurs classiques et de précieux souvenirs de l'Antiquité, l'a mutilé, dégradé et avili (1).

Nous avons entendu l'acte d'accusation. Ecoutons les défenseurs du cardinal Bichi. Le premier en date est le collectionneur D.-B. Tissot (1750-1818) dont le plaidoyer est ainsi analysé dans la *Monographie de l'église cathédrale de Saint-Siffrein de Carpentras*, par MM. E. Andreoli et B.-S. Lambert (grand in-8°. 1862, p. 90) :

On accuse à tort le cardinal Bichi d'avoir dégradé l'arc de triomphe. La vérité exige que l'on déclare que les cuisines dans lesquelles est placé cet ancien monument n'ont pas été construites par le cardinal Bichi ; elles faisaient partie de l'ancienne habitation des évêques, et peut-être Son Eminence a gémi plus d'une fois de ce que l'arc de triomphe n'avait pas été respecté par ses prédécesseurs (2).

(1) Le savant académicien ajoute que « M. Maxime Pazzi » — il s'agit là de l'abbé de Pazzis, de l'illustre maison de Seguins — « a fait un mémoire pour que l'arc fût dégagé des bâtiments qui l'entourent ; mais, dit-il, j'ai bien peur que, malgré ses réclamations, la cuisine ne soit pas abattue ». Le mémoire dont parle Millin est sans doute resté inédit, car je ne le vois pas cité dans l'article *Seguins* du *Dictionnaire historique, géographique, bibliographique du département de Vaucluse* par le docteur Barjavel (tome II, p. 401).

(2) Le docteur Barjavel approuve l'argumentation de Tissot et il s'en approprie même la forme (*Dictionnaire* déjà cité, tome I, p. 211, note 1). On regrette que le zélé biographe n'ait pas été aussi juste à d'autres égards pour Bichi. Pourquoi nous le présenter (*ibid.*) comme *un personnage ambitieux, un esprit tracassier, jalousant les vice-légats, empiétant sans cesse sur leurs attributions*, etc ? Bichi était un homme trop supérieur pour obéir à des sentiments aussi mesquins et pour garder une attitude aussi indigne de son glorieux passé. Ce n'était pas celui qui avait été mêlé aux plus grandes et aux plus difficiles affaires

Nous venons de voir que Bichi n'est pour rien dans le prétendu crime de lèse-archéologie qui lui a valu tant d'anathèmes. Mais, selon un juge d'une grande autorité, M. Léon CHARVET, loin de mériter le moindre blâme, il a droit à la reconnaissance de tous les amis de l'antiquité. Voici comment le justifie et le loue cet architecte distingué, professeur à l'école des beaux-arts de Lyon (*Les de Royers de La Valfenière*, Lyon, 1880, in-4°, p. 157) :

Nous avons à rectifier une erreur généralement répandue sur le vandalisme prétendu du cardinal Bichi et, par suite, de La Valfenière, qui auraient mutilé et enclavé sans respect l'arc de triomphe gallo-romain de Carpentras dans les cuisines du palais épiscopal. Millin et beaucoup d'autres à sa suite ont étourdiment répété la calomnie. D'autres avant nous, Tissot et Olivier Vitalis, ont pu relever cette erreur en faisant la description de ce monument intéressant. Etranger au Comtat et n'ayant aucun motif pour jeter le blâme sur qui que ce soit, nous ferons remarquer qu'en réfléchissant un peu sur ce prétendu vandalisme, on eût bien vite compris que c'était précisément le contraire qu'il fallait dire. Il était bien plus simple de jeter par terre ces restes déjà confondus dans les vieux murs de l'édifice qu'on reconstruisait ; de cette façon, ils

de la politique européenne, qui pouvait se préoccuper de misérables questions locales de rivalité et de prépondérance. Bichi fut malheureux dans ses tentatives pour apaiser les troubles d'Avignon, troubles qui faillirent lui coûter la vie. (Voir, dans la *Revue de Marseille et de Provence* de juillet 1883, les curieuses *Notes sur l'histoire d'Avignon au XVIIe siècle*, par le comte Ed. de BARTHÉLEMY, p. 249). Du récit donné là des événements de la fin de 1652 par un témoin oculaire, l'auditeur de rote, de Laurens, il résulte que le vice-légat doit porter devant l'histoire toute la responsabilité des scènes violentes et odieuses d'octobre et de décembre 1652.

n'eussent rien gêné dans le nouveau palais, et il est même probable qu'on n'en eût plus reparlé. Au contraire, Bichi et son architecte ont eu le bon goût de les conserver, tout dégradés qu'ils étaient, et de ne rien changer à cette partie du vieil édifice ; au moins, lorsque cette partie a été démolie, on a retrouvé le monument tel qu'il avait été encastré. C'est donc des éloges et non des injures qu'on doit à ces deux hommes.

M. L. Charvet, après avoir très bien décrit (p. 158-168) le palais élevé par La Valfenière, ce palais au-dessus de la porte d'entrée duquel on lit encore l'inscription : ALEX. CARD. BICHIVS EP., et où ce prélat, brillant précurseur du cardinal Mazarin, fit représenter, en 1646, le premier opéra qui ait été applaudi en France (1), continue ainsi (p. 166, 167) :

Comment se fait-il que, dans un palais où la justice est installée avec un luxe et une ampleur qu'elle ne trouve dans aucune autre ville de France, on ait eu le courage d'estropier, par des cloisons et des faux-planchers, les deux salles dont nous venons de parler ? Cet acte de stupide ignorance de l'art a été exécuté de sang-froid et sans

(1) *Akébar, roi de Mogol*, tragédie lyrique, paroles et musique de l'abbé Mailly, secrétaire du cardinal Bichi.

Voir le témoignage décisif du P. Menestrier dans son ouvrage intitulé : *Les représentations en musique anciennes et modernes* (Paris, 1681, in-12, p. 177). Conférez le livre de Castil-Blaze sur *Molière musicien* (Paris, 1852, in-8°, tome II, p. 45). Castil-Blaze (qui était du Comtat et qui avait autant de patriotisme que d'esprit) fait là une chaleureuse apologie de la ville de Carpentras dont il ne veut pas qu'on prononce le nom en appuyant sur la lettre finale, le S de ce nom ne devant pas plus sonner que le S du nom de Paris. Je recommande la lecture des persuasives pages de Castil-Blaze à tous ceux qui seraient tentés de médire de la ville que Mgr de Terris, évêque de Fréjus et de Toulon, appelle si bien, dans sa savante notice sur le *Saint Mors de Carpentras* (1874, in-8°, p. 3), « la gracieuse capitale du comtat Venaissin ».

motif sérieux, en plein XIXe siècle, dans le même édifice où l'on reproche à Bichi et à de La Valfenière d'avoir laissé un arc de triomphe dans une cuisine. Si le rôti de l'Eminence a été dressé triomphalement sous l'arceau élevé pour un fier conquérant, du moins on a pu déblayer les sculptures intactes (1).

Disons un mot des lettres adressées à Peiresc par le cardinal Bichi. Je ne veux pas prendre mon lecteur en traître et je me hâte de déclarer que ces lettres n'ont rien de très remarquable. Si je me suis décidé à les publier, c'est qu'une causerie entre deux hommes aussi éminents n'est jamais sans intérêt. Les lettres de Bichi ne sont pas celles d'un homme d'Etat; ce sont celles d'un homme du monde fort aimable et fort spirituel. On n'y verra que des choses de peu d'importance, il est vrai, des *chosettes*, selon une expression chère à Peiresc, mais toutes ces *chosettes* sont agréa-

(1) J'ai connu un archéologue, trop crédule et trop sensible, qui, indigné et désolé de ce qu'il appelait un sacrilège attentat, commençait par tonner contre le rôti auquel Bichi semblait avoir tout sacrifié, et, s'attendrissant outre-mesure, finissait par arroser de ses pleurs ce métaphorique rôti. J'aime à croire que nul ne fera désormais à la mémoire de Bichi une injure aussi cruelle qu'imméritée. Il y aurait bien d'autres particularités à joindre à celles qui viennent d'être groupées en ces pages. Je n'en indiquerai — de peur d'être trop long — que deux ou trois. Je relève dans la *Gazette* de 1634 ces lignes qui attestent une fois de plus la princière générosité de Bichi : « De Paris, le 8 juillet 1634. Le 2 du courant, l'évêque de Megare [Jean de Sponde, neveu du savant Henri de Sponde], coadjuteur de Pamiers, fut consacré dans l'église des filles de l'Ave Maria par le cardinal Bichi, assisté du sieur de Bouthillier, coadjuteur de Tours et de l'evesque de Chartres, ensuite de quoy le cardinal Bichi traita magnifiquement à l'hostel de Sens la pluspart des evesques et prélats qui se trouvèrent en cette ville ». La bibliothèque d'Inguimbert possède (collection Tissot, n° XV) un recueil intitulé *Eloges et Remarques du diocese de Carpentras*. Il y a là une foule d'anagrammes à la louange de Carpentras, de l'archevêque de Bordeaux, Henri de Sourdis, qui fut *interné* dans cette ville en 1642 et 1643, surtout à la

blement exprimées et du tour le plus heureux. On daignera donc favorablement accueillir, je l'espère, une petite correspondance qui, surtout par les sentiments dont on y trouve le reflet, fait honneur au prélat dans lequel on doit saluer à jamais un des plus illustres successeurs de saint Siffrein, et qu'à cause de sa noble passion pour les arts et pour les lettres on rapprochera de deux autres immortels évêques de Carpentras, le cardinal Jacques Sadolet (1517-1547) et Dominique-Joseph-Malachie d'Inguimbert (1733-1757) (1).

louange de Bichi. Si l'auteur de ces jeux d'esprit trouve dans les mots *Carpentras diocèse* les mots *paradis consacré*, il trouve dans le nom *Alexander Bichius* le mot *chérubin*. Je ne puis indiquer tous les poétiques hommages rendus en ce singulier recueil à Bichi (notamment pages 211, 212, 215, 216, etc.). C'est une pluie de distiques avec acrostiches et anagrammes. Que dis-je une pluie ? c'est un véritable déluge qui inonde presque tout le volume. On permettra sans doute à l'éditeur des *Lettres de Jean Chapelain* (2 vol. in-4°, 1880-1883) de rappeler que Bichi est plusieurs fois mentionné par l'académicien (tome I, p. 196, 259, 369).

(1) Je dois la copie des lettres de Bichi à la bienfaisante amitié de M. l'abbé Louis Bertrand. Puis-je assez le remercier d'avoir abandonné ses propres travaux, si importants et si précieux, pour s'occuper de la réunion des matériaux de ma petite publication ? Du savant sulpicien je dois rapprocher, dans ma gratitude, M. le comte de Bourmont, de l'Ecole des chartes et de la Bibliothèque Nationale, qui a bien voulu transcrire deux documents (les deux derniers) négligés par son devancier.

DEUXIÈME PARTIE

DIVERSES LETTRES ADRESSÉES A PEIRESC

AVERTISSEMENT

Les documents qui, dans les pages que l'on va lire, sont rangés suivant l'ordre alphabétique des noms des signataires, sont au nombre de quatorze. En voici l'énumération :

1° Une lettre écrite de Bédarrides (1), le 19 mars 1634, par le père Jean FERRAND, de la Compagnie de Jésus, né au Puy-en-Velay en 1686. mort à Lyon en 1672, après avoir été recteur du collège d'Embrun et avoir été désigné pour diriger celui de Carpentras (2) ;

(1) Chef-lieu de canton de l'arrondissement d'Avignon, à 14 kilomètres de cette ville. Sur Bédarrides, comme sur toutes les autres localités du comtat Venaissin mentionnées dans les pages qui vont suivre, voir le *Dictionnaire géographique, historique, archéologique, etc., des communes du département de Vaucluse* par M. Jules COURTET. (Seconde édition. Avignon, Seguin, 1877, in 8°).

(2) Voir sur le P. J. Ferrand le *Moréri* de 1759 et surtout la *Bibliothèque des écrivains de la Compagnie de Jésus* par les pères de BACKER et C. SOMMERVOGEL (tome I, in f°, 1869, col. 1831-1833). Parmi les ouvrages du père Ferrand, on remarque ceux qu'il publia contre Chifflet, au sujet des fleurs de lis qui figurent dans les armes des rois de France. Citons aussi une publication provençale qui n'est signée que de ses initiales : *Le bonheur de la ville d'Aix représenté aux arcs de triomphe*,

2° Une lettre écrite d'Avignon, le 4 mars 1633, par un religieux Jean Gavet, dont je ne retrouve le nom nulle part ;

3° Une lettre écrite d'Orange, le 16 avril 1607, par Jacques de La Pise, notaire en cette ville, le père de l'auteur du *Tableau de l'histoire des princes et principauté d'Orange* (la Haye, 1640, in-f° de près de mille pages) (1) ;

4° Deux lettres écrites de la chartreuse de Bonpas, l'une le 7 mars 1634, l'autre le 18 septembre de la même année, par Dom Polycarpe de La Rivière, né, non à Avignon comme quelques-uns l'ont prétendu, mais dans le Velay, mort on ne sait en quelle année (mais après 1638), et on ne sait en quelles circonstances, car le mystère qui entoure sa brusque et peut-être tragique disparition n'a pu être dissipé par les recherches des savants du XVIIme siècle et par celles des savants d'aujourd'hui, ces derniers provoqués, il y a quelques années, par une question posée dans le *Polybiblion* et, plus récemment, par une question renouvelée dans la *Provence historique* de M. Alfred Saurel (2) ;

dressés par elle, à l'honneur du maréchal de Vitry, reçu en qualité de Gouverneur de Provence... par J. F. (Aix, David, 1632, in-4°).

(1) De même que pour les localités vauclusiennes j'ai renvoyé au *Dictionnaire* de M. Courtet, je renverrai, pour Jacques de la Pise et pour son fils Joseph, ainsi que pour tous les personnages célèbres qui appartiennent, par leur naissance ou par leur séjour, au comtat Venaissin, je renverrai, dis-je, au *Dictionnaire historique, biographique*, etc., déjà plusieurs fois cité, du docteur Barjavel.

(2) L'article du *Dictionnaire* du docteur Barjavel indique presque complètement les sources à consulter sur le savant religieux que Gassendi (l. VI, p. 525) appelle *Carthusiani ordinis decus* et dont il vante les excellents travaux (*notitia eximia*) et l'immense érudition (*immensæ eruditionis*). Relevons, en passant, une erreur du docteur Barjavel : il prétend (tome II, p. 342) que P. de La Rivière devint *prieur de*

5° Une lettre écrite d'Avignon, le 14 juillet 1626, par Jean de LORINI, de la Compagnie de Jésus, né à Avignon en 1559, successivement professeur de philosophie, de théologie et d'Ecriture sainte à Rome, à Paris, à Milan, mort à Dôle en 1634, l'auteur de commentaires très estimés sur le Lévitique, les Nombres, le Deutéronome, les Psaumes, l'Ecclésiaste, la

Sainte-Croix et de Bordeaux (*sic* pour *prieur de Sainte-Croix à Bordeaux* sans doute), erreur qui, moins la faute d'impression, a été reproduite par M. Lambert (*Catalogue*, tome I, p. 313). Non, P. de La Rivière ne devint jamais prieur de Sainte-Croix de Bordeaux, car Sainte-Croix de Bordeaux était une abbaye bénédictine, et P. de La Rivière appartint toujours à l'ordre des Chartreux. Ce qui a dû tromper le Dr Barjavel, c'est que le docte religieux prend dans ses livres un titre au sujet duquel il aurait fallu se demander tout d'abord, en bonne critique, s'il n'existait pas autrefois plusieurs monastères connus sous le nom de Sainte-Croix.

Il eût été facile au Dr Barjavel de s'assurer de l'existence de ce nom autre que celui de Bordeaux ; car, d'après une indication que me fournit un des plus savants bibliographes de ce temps-ci, M. l'abbé Louis Bertrand, la dédicace à M. de Marquemont, archevêque de Lyon, d'un des ouvrages de P. de La Rivière, *Le Mystère sacré de notre Rédemption, contenant en trois parties la mort et la Passion de Jésus-Christ* (Lyon, 1620, 3 vol. in-8°), est « datée de la chartreuse de Sainte-Croix en vostre diocèse et pays de Lyon ». La Bibliothèque d'Inguimbert, non moins riche en bons vieux livres qu'en précieux manuscrits, et où les uns et les autres sont si libéralement, je ne dis pas seulement communiqués, mais encore signalés aux travailleurs par M. G. Barrès, le modèle des bibliothécaires, possède un autre ouvrage de P. de La Rivière qui contient, en quelque sorte, dans son titre même, l'acte de naissance de l'auteur, lequel se déclare *Velannois*, ce qui ne permet pas d'hésiter, quant à son origine, comme l'a fait le Dr Barjavel (*Dictionnaire*, tome II, p. 342), entre le Comtat et le Velay. Voici le titre complet de cet ouvrage dans sa dernière édition (Paris, 1631, in-8° de 877 pages, non compris les pièces liminaires et la table) : *L'Adieu au monde, ou le mespris de ses vaines grandeurs et plaisirs périssables, par Dom Polycarpe de* LA RIVIÈRE, *Velannois, religieux de la Grande Chartreuse, prieur de Sainte-Croix*. La première édition de l'*Adieu au monde* est de Lyon, Ant. Pillehote, 1610, in-8°.

Sagesse, les Actes des Apôtres, etc., et aussi de commentaires sur la Logique d'Aristote (1);

6° Trois lettres écrites d'Avignon, la première le 6 décembre 1621, la seconde le 15 février 1629, la troisième le 12 septembre 1633, par Jérôme de Lopès, sieur de Montdevergues, qui de Jeanne de Perussis-Lauris eut François de Lopès, marquis de Montdevergues, premier consul d'Avignon en 1655, célèbre à la fois comme diplomate et comme amiral des mers dans les Indes orientales (2);

7° Une lettre écrite de la Grande Chartreuse le 26 mai 1617, par un religieux nommé Jérôme Pasquier, sur lequel je ne puis fournir aucun renseignement, mais qui nous apparaît en toute sa lettre comme un amateur et un curieux d'un admirable zèle;

8° Deux lettres écrites d'Avignon, le 2 et le 18 avril 1627, par François de Royers de la Valfenière, l'habile architecte qui consacra son beau talent, pendant presque toute sa carrière, à la construction ou à

(1) Voir l'article *Lorinus* de la *Bibliothèque des écrivains de la Compagnie de Jésus* (tome II, 1872, col. 807-809). La lettre de Lorini montre que, s'il était un bon commentateur, il était un bien mauvais cavalier.

(2) Le docteur Barjavel, qui donne beaucoup de détails sur le fils, ne dit presque rien du père, dont il n'a pas même connu le prénom et qu'il se contente de nous présenter comme un « sieur de Montdevergues, qui s'occupait de littérature au commencement du XVIIe siècle ». Montdevergues, plus tard que le *commencement du XVIIe siècle*, s'occupait d'autre chose encore que de *littérature*, et je voudrais que ce gentilhomme qui fut le si digne ami de Peiresc, comme du docte évêque de Vaison, J.-M. Suarès, trouvât un biographe qui mit son grand mérite en pleine lumière.

la réparation de divers monuments dans le comtat Venaissin (1);

9° Deux lettres écrites d'Avignon, le 25 janvier et le 18 mars 1603, par André VALLADIER, né près de Montbrison en Forez, d'abord professeur de belles-lettres au collège des Jésuites d'Avignon, puis prédicateur et aumônier du roi Henri IV, enfin abbé de Saint-Arnoul de Metz, mort *en* 1638, selon les auteurs de la *Bibliothèque des écrivains de la Compagnie de Jésus* (tome III, 1876, col. 1271-1272), *vers* 1638, selon le docteur Barjavel, qui n'est pas d'accord avec les savants bibliographes au sujet de l'époque de la naissance de l'auteur du *Labyrinthe royal de l'Hercule gaulois triomphant*, naissance mise par les pères de Backer et C. Sommervogel en 1565, et en 1570 par le rédacteur du *Dictionnaire de Vaucluse* (2).

(1) Voici comment M. Léon CHARVET, dans la monographie déjà citée, résume l'histoire des travaux de son héros : « François de La Valfenière fut député par le conseil d'Avignon pour les *préparatifs et décorations du passage et entrée du roi Louis XIII, en 1622*, et de celui du cardinal Barberini, légat d'Avignon, en 1635, et de celui de l'archevêque Pinelli, en 1645. Il présida, en 1624, au barrage et à l'alignement de la Durance, répara, en 1642, la galerie et l'arceau du collège du Roure (hôtel actuel de la préfecture de Vaucluse), fit, en 1644, la fontaine monumentale de la chartreuse de Villeneuve-lès-Avignon, dressa, en 1645, des plans pour l'embellissement de l'église de Caromb, et enfin, en 1646, dirigea ou mieux acheva de diriger, pour le cardinal Bichi, les travaux de l'évêché de Carpentras (commencés sur ses plans dès 1640). C'est probablement après la construction de ce palais qu'il dut fournir les plans de l'abbaye des Bénédictines de Saint-Pierre de Lyon ».

(2) André Valladier eut Peiresc pour élève au collège d'Avignon. Gassendi parle d'une manière charmante (*De vita Peireskii, liber primus*, à l'année 1590) de la reconnaissance que garda Peiresc pour ses professeurs d'humanités, Antoine Colombat et André Valladier, qui eurent l'intelligence de le dispenser de quelques-uns des exercices ordinaires, pour lui donner le moyen de s'appliquer davantage à l'étude de l'histoire. Ces professeurs avaient compris qu'il fallait accorder une liberté exceptionnelle à un disciple comblé de dons exceptionnels.

A ces quatorze documents j'ai joint, comme complément d'une des lettres de Jérôme de Lopès, sieur de Montdevergues, la description d'une remarquable grotte du mont Ventoux (*Appendice*). Cette description, adressée à Peiresc, a été améliorée par ses corrections et observations autographes, et devient ainsi le couronnement naturel de mon petit recueil qui est tout plein de lui.

LETTRES
DU CARDINAL BICHI
ÉVÊQUE DE CARPENTRAS

I

Monsieur,

A mon despart de Rome par le commandement de Monseigneur le Cardinal Barberin (1) on mit entre mes hardes les deux tomes des actions des papes et des cardinaulx, de Ciaconius (2) afin de les vous faire tenir de la part de Son Eminence, pour tesmoignage de l'estime qu'elle fait de vos vertus. Il ne fust pas possible de desfaire le bagage par le chemin, et depuis mon arrivée à Paris on m'avoit defendu de Rome de les laisser voir jusques à tant qu'on m'envoyeroit un ' autre relation des actions de Nostre Sainct Pere aujourd'huy vivant, laquelle on me mandoit d'y adjouster, en ostant l'autre (3).

(1) Il s'agit là de François Barberini, né à Florence en 1597, créé cardinal en 1623, mort doyen du sacré collège à la fin de l'année 1679. C'était le neveu du pape Urbain VIII (Maffeo Barberini) et le frère du cardinal Antoine Barberini, archevêque de Reims. Peiresc fut très lié avec les deux frères, mais plus particulièrement avec le plus lettré, le cardinal François.

(2) Le classique ouvrage d'Alphonse Ciacconius (*Vitæ et res gestæ Pontificum Romanorum et Cardinalium, ab initio nascentis Ecclesiæ*, etc.,) parut pour la première fois à Rome, en 1630, 2 vol. in-f°.

(3) Les bibliographes ont-ils eu connaissance de ce curieux détail, ainsi que des autres détails d'histoire littéraire qui vont suivre?

A cause de cecy et des voyages qu'il m'a fallu faire à la suyte de la cour, je n'ay pas eu le loysir de vous adresser les susdictz deux tomes; jusques à present que je les envoye a Lyon afin que de là on face en sorte qu'ils vous soyent asseurement renduz. Je seray bien aise que d'entendre que cela soit, et m'obligerez aussi de faire sçavoir à Monseigneur le Cardinal que vous l'avez receus, lorsque cela sera. La relation des actions de Nostre Sainct Pere estant accourcye et reduyte en moins de fueilles qui n'estoit (*sic*) l'autre qu'on a ostée, faira possible paroistre le second tome imparfaict; mais le tout ne sera que pour tel changement; de quoy j'ay jugé à propos que de vous advertire, afin que vous soyez assuré que ce nobstant, je ne croys qu'il y manque rien. Je me recommende en ceste bonne occasion à vos bonnes graces, et vous prometz que je seroi bien content d'en gaigner aucun merite en vous faisant cognoistre par toute experience quellement je suis, monsieur, — [Ce qui suit est autographe] vous m'obligerez grandement s'il vous plaira de me donner quelquefois de vos nouvailles (*sic*), et de vos commandemens en tesmoignage de la continuation de vostre bienveillance, laquelle j'estime selon que je dois, et demeure toujours vostre tres affectionné serviteur de tout mon cœur,

A., Evesque de Carpentras.

A Sainct-Germain en Laye, ce xvime de avril 1632.

A Mons. de Peyres, Conseiller du Roy au Parlement de Provence (1).

(1) Bibliothèque Nationale. Fonds français, vol. 9536, f° 77.

II

MONSIEUR,

J'ay esté bien marry que d'entemdre vostre si dangereuse infirmité ; mais je me suis aussi beaucoup resjouy entendant par vostre mesme lettre que vous allassiez vous remettre en bonne santé, que je prye Dieu vous rendre tout àffaict pour long temps, puisque voz vertus obligent bien la nature de vous estre liberale de grand nombre d'années (1). Pour ce qu'est des deux thomes de Ciaconius, je les ay envoyé tels qu'on me les avoit baillé ; et pour moy je ne croyois pas qu'il y manquast rien, ou qu'il portassent autre difficulté qu'icelle dont j'avois tasché vous esclaircir. J'eu pourtant desplaisir d'entendre qu'il y aye à dire d'autres fueilles et des cayers touts entiers ; de quoy encores moy ay escrit à Romme, afin qu'on aye soin d'en reparer le manquement, ainsi que j'espere qu'on fera bien promptement.

J'ay pris à grand contentement la satisfaction qu'a esté donnée à vostre singulière erudition, de trouver un si beau livre de hyerogliphes (2) ; et me desplait aussi que la vieillesse l'aye si peu espargné ; mais c'est son ordinaire de ne pardonner mesmement aux pierres et aux metaulx. Si je pouvay sçavoir aucunement le secret de la colle si parfecte qu'on employoit en la bibliotheque

(1) Les prières du cardinal Bichi ne furent pas exaucées ; Peiresc resta presque toujours souffrant et l'on peut dire que sa vie fut un continuel martyre. Bichi répond en ce passage à une lettre du 15 avril 1632 où Peiresc décrivait la fièvre dont il avait été dévoré pendant plusieurs semaines.

(2) Voir ce que raconte de ce *beau livre de hyerogliphes* Pierre Gassendi (*De vita Peireskii*, à l'année 1630, livre IV, p. 356 de l'édition de La Haye (1651). C'était le père Minuti qui avait apporté d'Egypte au plus fervent des collectionneurs le précieux recueil, avec des momies et d'antiques pièces de monnaie.

de feu Monseigneur le Cardinal Borrhomée (1), je seray bien aise de vous en servir pour le resarcyment (2) d'une si rare piece. Je vous assure cependant de tout ce qui peult estre en moy pour vostre service, n'y ayant personne qu'a plus grand droict que moy se puisse appeler, Monsieur, vostre tres affectionné serviteur,

A., Evesque de Carpentras.

A Montpellier, ce 24me décembre 1632.

A Mons. de Peires, à Ayx (3).

III

Monsieur,

Parmy les resjouyssances qu'il vous plaist m'envoyer sur ma promotion au cardinalat, je recognois tres bien l'humanité qui ne scauroit estre separée de tant d'autres vertus et belles partyes que j'honnore en vostre ame. Je reçois tres-volontiers ce tesmoignage de vostre satisfaction de ce succès, en voyant revenir la louange a l'insigne beneficence de Sa Sainçteté et de Messeigneurs les Cardinaux Barberins, aussi bien qu'a la benignite du Roy qui m'a toujour tant obligé que d'avoir aggreable mon treshumble service. Je vous remercye de bon cœur de l'evidence que par icy vous m'avez renouvellée de vostre affec-

(1) On sait que le cardinal Frédéric Borromée, archevêque de Milan, mort en 1632, fut un grand bibliophile et qu'il eut la gloire de fonder en sa ville archiépiscopale la célèbre bibliothèque ambrosienne qu'il enrichit tout d'abord des considérables débris de la magnifique collection de Vincent Pinelli, le Peiresc de l'Italie, et où furent rassemblés en quelques années près de dix mille manuscrits qui, après trois siècles bientôt d'exploitation, offrent encore d'inépuisables ressources aux savants chercheurs. Quelqu'un connait-il la colle du cardinal Borromée?

(2) Du verbe italien *resarcire*, réparer, restaurer. Le néologisme du cardinal Bichi n'a pas fait fortune et je ne trouve le mot *resarcyment* acclimaté dans aucun de nos vieux livres.

(3) *Ibidem*, f° 78; de la main du secrétaire, sauf la signature.

tion, vous asseurant que le changement d'habit n'ayant point d'influence dans mon esprit, je serai tou-jour porté du mesme sentiment à vous estimer et vous souhaitter en excessivité (1) le bien que vous meritez, et non pas moins a me faire cognoistre par tous efforts, Monsieur, vostre tres-affectionné à vous rendre service.

A., CARD. BICHI.

[De la main du cardinal.] J'employerai toujours tout ce qui sera en moy pour vous temoigner en toute occasion la tres grand estime que je fais de vostre merite et de vostre affection, laquelle je vous prye de me conserver (2).

IV

MONSIEUR,

Vostre vertu a toujour provoqué mes sentiments à une affection toute particouliere en vostre endroyct : et ce qui (*sic*) vous en a dict Monsieur le président de Trouville sera entierement authorizé par les meilleurs services que je pourroi vous rendre. A la verité, ainsi que je prends part en tout ce qui vous tousche, j'ai eu un grand desplaisyr des exercices qui ont este presentez à vostre patience. Je prye Dieu qu'il lui plaise porter les affaires à une bonne correspondence ; et d'autant que je passionne sincerement cecy

(1) Encore, dira-t-on, un néologisme, un italianisme, qui, pas plus que le mot relevé tout à l'heure, n'a obtenu parmi nous des lettres de naturalisation. On se tromperait en voyant dans le mot *excessivité* une importation. Le mot était déjà usité parmi nous au XIVe siècle (avec une petite variante, *excessiveté*). Voir le *Glossaire* de Du Cange et le *Dictionnaire* de Littré.

(2) *Ibid.*, f° 86. Je ne ferai que signaler une petite lettre de recommandation (f° 81) en faveur d'un plaideur, M. Maille, écrite de Carpentras le 28 juin 1635, lettre dont voici la première phrase seulement : « Une mienne affection particulière me porte à passionner de tout mon cœur la bonne issue du procès que Mons. Maille a par devant vostre Cour : en quoy je pense que la justice vous fournisse assez de moyens pour me pouvoir obliger... ».

et tout autre chose qui vous scauroit jamais plaire ; en toute sorte d'occasion que je pourroy travailler à ceste fin, je fairai en sorte que vous direz d'avoir suject de me croyre tel que cependent je me dis de bon cœur, vostre tres-affectionné à vous rendre service.

A., CARD. BICHI.

A Avignon, ce 27me de May 1636.

[De la main du cardinal.] Asseurez vous que je desire avec passion de vous tesmoigner par mes services combien j'estime vostre amitié et la qualité que vous possedez d'estre ami de M. le Card. Barberin Monseigneur (1).

V

MONSIEUR,

Le sieur de Guibeville (2) ne vous aura tout dict de l'affection que j'ai pour vous, que vous n'en experimentiez

(1) *Ibid.*, f° 83.

(2) M. de Guibeville était un neveu des savants et célèbres frères Dupuy ; il avait été attaché à la maison du cardinal Bichi. Peiresc lui adressa une douzaine de lettres (Bibliothèque d'Inguimbert, Registre des minutes des lettres à MM. Dupuy, n° V des *Additions aux manuscrits de Peiresc*). Guibeville se sépara du cardinal Bichi dans l'automne de l'année 1636, comme nous l'apprend cette lettre du sieur Board à son oncle Jacques Dupuy, prieur de Saint-Sauveur, écrite de Rome le 13 novembre 1636 (Bibliothèque d'Inguimbert, Collection Peiresc, vol. 484, f° 418) : « Le Cardinal Bichi a esté mandé de venir en cette cour. Je n'en scay pas la raison, mais je suis fort ayse que M. de Guibeville l'aye quitté, car il eust esté honteux de le voir icy recevoir trente solz par semaine et la part qu'ilz donnent à leurs domestiques. Je scay ce que l'on en dict des sieurs Bouchard et Montreuil qui sont chez les Cardinaux patrons. J'eusse souhaitté toutesfois qu'il eust quitté son cardinal d'une autre façon que celle que vous me mandez. » Puisque Bouchard est nommé dans ce passage, j'ajouterai, pour compléter ce que j'ai dit de ce triste personnage (*Les Correspondants de Peiresc*. Fascicule III. *Jean-Jacques Bouchard*, 1881, *Avertissement*), que Board écrit à Jacques Dupuy (octobre 1636, f° 402) : « J'ay faitct ce matin la charge de mareschal de France au raccommodement de l'affaire de Mrs Bouchard et Garnier. Le subject en est fort vilain et honteux. La conduicte du personnage que vous congnoissez a donné lieu à ce petit différend. »

davantage dans ses effectz, les occasions ne manquant de la vous temoigner parmy eux. Vostre vertu a ce credit sur moy, et mesmes votre bienveillance que j'ay experimentée en diverses rencontres et que le mesme sieur de Guibeville m'a faict de nouveau bien expressement voir en ses rapportz, je vous remercye de bon cœur encores en mon particulier du bon accueil qu'il vous a plû luy faire. Croyez, au reste, qu'entre tant de beaux sujets que vous me fournissez, je ne manquerai jamais d'estre, Monsieur, vostre très affectionné de bon cœur,

A., CARD. BICHI.

A Carpentras, ce Xme de aoust 1636.

A Monsieur de Peyresc (1).

VI

MONSIEUR,

Je suis bien marry que nous n'ayons pu obtenir ce que nous desirions de Mons. de Perier (2), car je l'estime fort, et je faisois grand estat de son approbation. Ça esté une faulte de ceux qui ont dressé les memoires que je vous ay envoyés, où ils ont oublié des choses assés substantielles, et si le temps ne pressoit tant, j'en aurois fait dresser des autres sur lesquels je me promets qu'il ne trouveroit pas beaucoup de difficulté ; je le reserve à de meilleures occasions. Et cependant je ne laisse de vous remercier de tout mon cœur dela peine que vous avez prise de vous asseurer de la passion que j'auray toujours de m'en revancher aux

(1) *Ibid.*, f° 80 ; de la main du secrétaire.

(2) Il s'agit là de Scipion du Périer, avocat alors célèbre à Aix, qui mourut en 1666, et qui était fils de François du Périer, l'ami de Malherbe. Voir le bel éloge que fait Gassendi de l'esprit, du jugement et de l'éloquence de l'orateur (*De vita Peireskii*, livre VI, p. 526).

occasions de vous rendre service (1). Et puisque vous me faites la faveur de vouloir m'envoyer copie authentique de l'arrest donné au procès du feu seigneur de Godeville (2), je l'attendray par le retour de ce porteur, par lequel je vous prie aussy de m'envoyer les decisions du president de Saint-Jean (3), dont je vous feray bonne restitution dans peu de jours. Excusés mon importunité, et croyés moi toujours, Monsieur, vostre très affectionné de bon cœur,

A., CARD. BICHI.

De Carpentras, ce 12me decembre 1636 (4).

(1) Peiresc s'était occupé, comme médiateur, d'une grosse affaire, l'enlèvement par M. de Guibeville d'une fille mineure de M. de Valerne, lequel habitait la ville de Carpentras. J'ai demandé des renseignements sur M. de Valerne à mon vénérable ami M. le marquis de Seguins, qui connait l'histoire de la noblesse du Comtat aussi bien que M. le marquis de Boisgelin connait l'histoire de la noblesse de Provence, ce qui me permet d'appliquer à ces deux aimables savants, que je n'interroge jamais en vain, le mot du poète :

... pares et respondere parati.

D'après M. le marquis de Seguins, M. de Valernes, père de la jeune fille compromise par M. de Guibeville, serait Alexandre de Tomassis, seigneur de Valernes, docteur ès droits, premier consul de Carpentras en 1623, 1630, 1639. Le nom de Valernes reste attaché aux belles prairies que M. Eyriès possède dans la commune de Loriol, à 5 kilomètres de Carpentras.

(2) Peut-être Bodeville. Que ce soit Bodeville ou Godeville, je n'ai rien à dire de ce gentillomme.

(3) Le président de Saint-Jean m'est tout aussi inconnu que M. de Godeville. J'ai seulement trouvé mention d'un avocat de même nom qui, en 1679, a publié à Lyon (chez Anisson) un *Sommaire des décrets du Concile de Trente.*

(4) *Ibid.*, f° 82; de la main du secrétaire

VII

MONSIEUR,

Je suis si obligé aux soins que vous avés pris pour l'affaire que je vous avois recommandé, que mes paroles ne sont pas suffisantes de le pouvoir exprimer. Ce sont les effects que je desire faire parler si j'ay le bonheur que vous m'en présentiés les occasions. J'ay receu toutes les consultations et autres papiers que vous m'avés obligé de m'envoyer, lesquelles ont esté trouvées tres doctes et tres pertinentes. Ça esté un effect bien grand de vostre courtoisie de m'avoir obligé si abondamment, dont j'espere de vous en fayre moy mesme un de ces jours mes remercimens. Et cependant je vous prie de croire que je joindray au souvenir qui m'en demeurera toute ma vie, un desir tres particulier de me faire paroistre par quelques bons services, Monsieur, vostre tout affectionné de bon cœur,

A., CARD. BICHI.

De Carpentras, ce 16e décembre 1636 (1).

VIII

MONSIEUR,

J'ay donné ordre qu'on tire la copye de l'arrest du Parlement d'Orange, et ne faillirai point de la vous envoyer a fin que vous y recognoissiez comme le jugement de vous autres messieurs est dignement de partout en tres-grand credit.

Je crois d'approcher asseurement de la ville d'Aix en faisant mon voyage de Rome (2). Ce ne sera sans que

(1) *Ibid.*, f° 79; de la main du secrétaire.

(2) Le cardinal Bichi vint à Aix dans les premiers jours de mars et descendit chez Peiresc, comme le prouve ce passage de Gassendi :

j'aye e bien de vous veoir, car je fais trop grand cas de vous asseurer moy mesme que la grand'estime que je fais de vos merites et de l'affection que vous avez pour moy, pour m'en passer; mais d'autant que pour la mesme aison je suis fort interessé en votre santé, il faut que vostre courtoisie prenne patience, si pour le reste je serai ressolu de ne vous mettre point dans les embarras ny dans les agitations pour ceste occasion. Je voudrois bien devant mon departement voir accomoder l'affaire entre MM. de Valerne et de Guibeville, et y apporte tres volontiers tout mon pouvoir, mais cestuy cy m'escrivant ne m'en dit pas mot, et ne sçaurois comme faire sans que de sa part on donne quelqu'ouverture. Je vous dis tout cecy afin que vous sçachiez ce qu'il se passe, et d'en entendre réciproquement vos advis, que j'estimerai toujour autant que je suis, Monsieur, vostre tres-affectionné de bon cœur,

A., CARD. BICHI.

De Carpentras, ce 8me de février 1637 (1).

(*De vita Peireskii*, livre V, p. 485) : « *Inibat jam ver, cum excepit cardinalem Bichium, unaque Suaresium veterem amicum episcopatu Vasionensi jam ante donatum, qui cum cardinali Romam discedebat.* » On lit (Minutes de la Bibliothèque d'Inguimbert, registre VI, f° 854), dans un billet de Peiresc à M. de Valerne : « J'ay apprins par lettres de Genes « de Mgr l'Evesque de Vaison, du 12 de mars, que l'Eminentissime Cardinal « Bichi n'y avoit séjourné que deux jours incognito, et qu'il en partit le « lendemain fort gaillard. » L'évêque de Carpentras était encore à Rome quand y arriva la nouvelle de la mort de Peiresc. Aussi assista-t-il, avec plusieurs autres cardinaux, à l'oraison funèbre de ce grand homme prononcée par J.-J. Bouchard, à l'Académie des Humoristes, le 21 décembre 1637. Requier, qui, dans la *Vie de Nicolas-Claude Peiresc* (Paris, 1770), a donné une traduction si libre de l'admirable livre de Gassendi, a rendu méconnaissable (p. 346) le nom du cardinal Bichi qu'il transforme en *Biscia*.

(1) *Ibid.*, f° 84 ; de la main du secrétaire.

IX

MONSIEUR,

Je n'ay pas manqué d'apporter toute diligence pour disposer Mons. de Valerne à se departir de la resolution qu'il a prise de faire le voyage de Paris, et je n'ay oublié aucune des considerations portées par vostre lettre pour l'inviter à quelque accommodement en son affaire avec Mons. de Guibeville. Je ne puis dire avoir retiré aucune certaine resolution de sa volonté ; mais je ne me defie pas qu'on ne le puisse porter à prendre quelque condition, lorsqu'on luy proposeroit quelque advantage considérable pour se dellivrer le plus honorablement qu'il pourra de sa miserable fille. Toutefois, comme nous excluons entièrement le mariage, et que les conditions de l'accommodement consisteront en l'interet, lequel, suivant la condition et le courage dudit sieur de Valerne, ne pourra estre que grand, je n'ay osé en faire aucune particulière proposition, ne sca chant pas ny les intentions, ny les moyens des parens dudit sieur de Guibeville. Partant je vous despesche vostre laquais, vous priant de me mander precisement, et au plustost les offres que vous trouverés bon qu'on propose, en asseurance que je feray tout mon possible pour les faire accepter. Je ne lairray pas de vous dire que pour rendre plus plausible la proposition qu'on fera audit sieur de Valerne, et pour la luy faire accepter plus facilement, je croy que le mieux seroit de luy dire qu'il y a telle somme en tel lieu pour l'advantage de sa fille, que de luy proposer telle ou telle somme s'il veut entendre à l'accommodement (1). J'attendray donc sur cela vos sentimens et

(1) Il y avait encore, à ce moment, bien des difficultés, comme le montre une lettre écrite à Peiresc, de Carpentras, le 9 février 1637, par un négociateur qui signe J.-B. Bongne (Fonds français, n° 9536, f° 87), lettre ainsi conçue : « J'ay receu deux des vostres avec celle de Monsieur de

vos resolutions, aux quelles j'adjousteray tous les soings qui pourront faire connoistre que je suis, Monsieur, vostre très affectionné de bon cœur,

A., CARD. BICHI.

De Carpentras, ce 16me febvrier 1637 (1).

X

MONSIEUR,

Sur l'affaire entre monsieur de Valerne et Mr de Guibeville il n'y avoit expedient ny meilleur ny plus salutaire que celuy que vous proposez, de mettre la fille dans un couvent; et son pere me proteste qu'il n'aimeroit mieux que cela, et qu'il seroit tres-content quand il ne cousteroit à la partye que dix escus; mais il ne s'y faut point attascher, la fille y ayant tesmoigné du premier jour jusques a present un' aversion incroyable sans que personne aye jamais pu rien gaigner sur elle en ce particoulier; et suis deshormais asseuré qu'il se faut demettre de ceste croyance, la fille estant résolue à souffrir toute extremité plustost que de se fermer dans un monastère. Sur ce refus j'ay donc mis en avant à M. de Valerne d'agréer que le Sr de Guibeville adjoustat pour l'augment du dot au mariage de la fille, ce qu'il avoit donné pour la mettre en religion, et d'autant qu'il a dict ceste proposition n'estre raisonnable, et qu'elle seroit presqu'honteuse pour la petitesse de la somme de l'argent à une fille d'un petit marchant, ou d'un notaire, on luy a remonstré n'estre pas aussi de raison de faire couster plus cher à

Guibeville, lequel je vouldrois servir de bon cœur. Je tascheray de porter M. de Valerne à ce que vous jugerès à propos. Il est vray qu'il est fort oppiniastre encore à pretendre mariage, et je ne scay que ly proposer pour éviter cela.... »

(1) *Ibid.*, fo 85; de la main du secrétaire.

Mr de Guibeville un expedient qui ne luy peult plaire de beaucoup à l'esgal de l'autre, et que de tirer trop la corde dans l'interest, c'estoit quasi se contredire, et se faire tort à soi mesme, donnant à croire que ce desordre s'accomodast au poids de l'argent, non obstant que ledit sieur de Valerne detestat cest apparence à tout' extremité. Sur cestes entrefaites on l'a porté avec quelque difficulté à s'ouvrir reciproquement de ses pretentions; et c'a esté de demander une grosse somme d'argent; mais apres un grand debat, je crois que si je l'avois pu *asseurer de doze cent escus*, je l'arois emporté; mais je n'ay voulu rien arrester; puisque ce seroit exceder vostre proposition; et vous renvoye en diligence vostre homme pour en avoir vostre ressolution; ce que je vous prye de me faire tenir au plus-tost, car je suis com' emboité pour mon département (1). Sur ce je suis et me dis, à mon ordinaire, Monsieur, vostre tres-affectionné de bon cœur,

A., CARD. BICHI.

A Carpentras, ce XXIVme de fevrier 1637 (2).

(1) Le départ pour l'Italie qui s'effectua quelques jours plus tard.

(2) *Ibidem*, f° 88. Comme la lettre fut remise à un porteur envoyé tout exprès à Carpentras, la suscription ne se compose que de ces mots : *A Mons' de Peyresc*. Claude-Nicolas de Fabri mourut sans avoir vu l'accommodement définitif, et ce fut son neveu, le baron de Rians, qui y mit la dernière main, comme nous l'apprend la lettre suivante que lui adressa de Rome le cardinal Bichi et qui est l'épilogue de toute cette longue histoire de séduction et de rachat où l'élément comique s'associe à des éléments fort graves et fort tristes.

APPENDICE

Lettre du cardinal Bichi au baron de Rians.

MONSIEUR,

Je vous remercye mil foys d'avoir par vostre bon'entremise donnée la derniere main sans bruyt et si a propos, à l'affaire de Mons. de Guibeville avec monsieur de Valerne. Aussi l'une partye que l'autre a de quoy se recognoistre vostr' obligée. Pour moy je le suis pareillement et, recognoissant en cest occasion les effets de vostre sagesse et de vostre humanité, je n'aimerois jamais mieux pour ces respects (1) et pour plusieurs autres que de vous faire veoir à vostr' advantage comme vous m'en avez rendu, Monsieur, vostre tres-affectionné de tout mon cœur,

A., CARD. BICHI.

A Rome, ce 6me de novembre 1637.

A Monsieur le Baron de Rians, Conseiller au Parlement de Provence (2).

(1) *Respects* dans le sens de considérations, sens emprunté au mot *respicere*, regarder, avoir égard à.

(2) Bibliothèque Nationale. Fonds français, vol. 9536, f° 89.

DIVERSES LETTRES
ADRESSÉES A PEIRESC

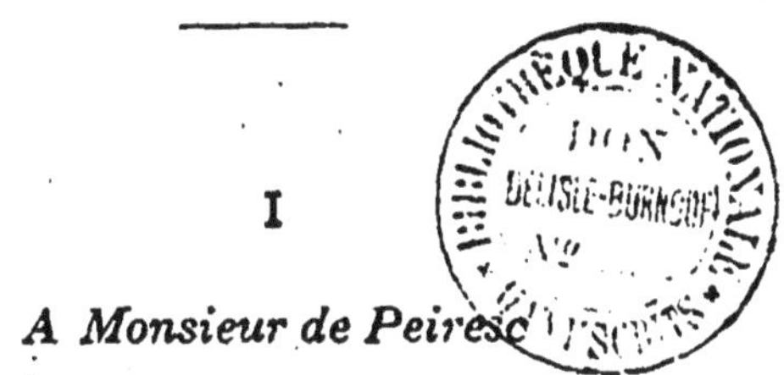

I

A Monsieur de Peiresc

MONSIEUR,

Me voicy dans Bedarrides où je me suis porté à dessein de m'acquiter de la commission qu'il vous a pleu me donner. J'ay parlé à M. Ribouton, notaire, qu'on m'a dit estre des plus intelligents aux antiquités de ce lieu, mais je l'ay trouvé aussi ignorant de ces affaires, que tout autre, comme vous asseurera M. Ruff, avec lequel je suis allé au logis du susdict Ribouton, duquel nous n'avons peu tirer autre instruction de l'étymologie du nom de Bedarrides, que celle que vous mesme me donnastes tiré des tours comme qui diroit *Biturrita a binis turribus* (1), ce que je crois estre venu des armoiries de la ville qui porte de gueule avec deux tours d'argent. Voici deux vers qu'un certain Rigaud, habitant de ce lieu, a fait en action de graces dressée à la B. Vierge, Mère de Dieu, pour la préservation de cette ville du fleau de la peste l'an 1632, qui font allusion aux dites armoiries :

Sainte Reine du Ciel par vostre saint amour
Vous avés conservé nostre gemele tour.

(1) J'en demande pardon à la grande mémoire de Peiresc, mais je suis obligé de déclarer que son étymologie me paraît bien douteuse, comme la plupart des étymologies de noms de lieu proposées autrefois.

Or,d'où elle a pris ses armes, on n'en sçait rien, non plus s'il y a eu autrefois deux chateaux, car pour celuy qui est aujourd'huy sur pied, lequel j'ay veu, il y en a plustost quatre que deux, si toutefois on doit appeler tours trois arcs boutans qui servent d'afermissement à ce chateau ; après les susdits arcs boutans ou ancoules (1) qui sont comme trois guerites, il y a une seule tour qui peut porter uniquement ce nom. Voyla ce que j'ay peu apprendre en ce lieu. M. Ruff vous porte une empreinte des armes de cette ville, que nous avons tiré de compagnie, où est à noter que certains habitants de ce lieu ont voulu ajouter par une invention de village la lettre B initiale de Bedarride et une estoile, si bien me souvient, ce qui ne se trouve point dans les plus anciennes armoiries qui sont à la maison de ville. C'est tout ce que j'ay peu apprendre dans l'ignorance de ce lieu. M. Ruff, qui en est natif, aura plus de loisir, et de moyen de vous donner une grande connoissance et satisfaction, que ne fait un passant comme je suis.

Pour la seconde commission que vous m'aviés donné touchant le vent de Nioms (2), voicy ce que un de nos Peres preschant au Buys (3) m'en a escrit, sur le mémoire que je luy en avois envoyé par un mot de lettre. que je luy avois envoyé à ce seul sujet. Je vous envoye les propres termes et de la main propre dudit Pere repondant à la mienne

(1) Le mot *ancoule* n'est ni dans le *Dictionnaire* de Richelet, ni dans celui de Trévoux.

(2) Nyons, chef-lieu d'arrondissement de la Drôme. A propos du vent de Nyons, rappelons que Peiresc, dans son universelle curiosité, s'occupa beaucoup de météorologie. Le volume LIII de la collection qui porte son nom à la Bibliothèque d'Inguimbert est presque rempli d'observations sur diverses merveilles de la nature, par exemple d'observations sur les vents en général et particulièrement sur les vents du comtat Venaissin et du Dauphiné. On y trouve notamment une relation du vent de Ponthias, à Nyons, par le sieur Boule.

(3) Le Buis-les-Baronnies, chef-lieu de canton de la Drôme, arrondissement de Nyons, à 33 kilomètres de cette ville.

du 3 avril 1634 affin que vous voyès en quels termes il m'en escrit. J'ay coupé le reste de la lettre pour y avoir quelque autre petit affaire, qui ne touchoit rien à cela. Je pouvois bien attendre de vous porter moy mesme la susdite instruction, toutefois voyant que M. Ruff escrit pour aller à vous demain matin, je vous ay voulu donner le plus vittement et promptement qu'il m'a esté possible le contentement de voir ce que c'en est, et ensemble le témoignage de ma fidélité à vostre service, auquel je suis porté par la considération de vos merites et par la reconnoissance des obligations que je vous ay et que je conserveray invariablement tout le reste de ma vie. Je seray à vous, aydant Dieu, la semaine suivante, si nostre P. Provincial ne donne quelque arrest lorsque je seray dans Avignon. Attendant le bien de vous voir, je demeureray de cœur et d'ame, monsieur, vostre, *etc.*

FERRAND.

De Bedarrides, ce 19 mars 1634 (1).

II

MONSIEUR,

La paix de Notre-Seigneur Jésus-Christ !

Monsieur de Montdevergues m'est venu trouver pour me demander de votre part quelques pièces antiques qu'on tira, il y a environ dix ans, de certains fondements qu'on ouvroit en cette maison. Nous n'avons rien, Monsieur, qu ne soit entièrement vostre. Vos grands mérites et vostre amitié nous est trop précieuse pour luy pouvoir refuser chose aucune. Je luy ay donc incontinent mis entre les mains tout ce qui nous restoit de ce petit meuble sans en réserver aucune pièce. Il est vray que ce n'est quasi que la quatriesme partie (à ce que j'ay appris) de ce qu'on en

(1) Bibliothèque d'Inguimbert, manuscrits de Peiresc, tome LIII. Original. — Bibliothèque d'Aix, dite Méjanes. Correspondance de Peiresc, tome IV, f° 213. Copie.

tira, le reste ayant été distribué, il y a long temps, à diverses personnes. Et s'il vous plaist d'agréer que je die ma pensée sur celles cy qui restent, je croy que ces petites fioles au long col sont *instrumenta præficarum ad colligendas lacrymas;* car, puisqu'elles vendoient leurs larmes, celles qui en donnoient d'avantage méritoient un plus grand salaire et à ces fins, elles avoient ces petites bouteilles pour les recueillir et les faire voir aux parents du défunct. Cette petite lampe de terre un peu brisée est encore un instrument de sepulchre romain. On en trouve souvent de semblables et celle qui fut trouvée dans un sépulchre qu'on tenoit estre de la fille de Cicéron, en est une bonne preuve. Pour cette petite urne à une anse, elle me semble différante des urnes anciennes. J'en ai veu autrefois à Vienne grande quantité, mais elles estoient ou sans aucune anse ou à deux anses et toutes d'une belle grosseur et celle cy est fort petite. De mesme tous ces petits vases de verre et de terre faits en forme de coupe ne me semblent pas estre instruments de sépulchre antien; sinon que nous veuillons dire par conjecture que les cendres du mort qu'on tiroit du buscher dans ce linge incorruptible au feu nommé *asbestinum* chez Pline, l. XIX, c. I (1), fussent partagées dans ces petites coupes et données aux parents et amys pour pleurer plus commodément sur les cendres du mort. Ou bien que comme ces anciens dressoient parfois des sépulcres feints et des buschers pour les morts dont ils ne pouvoient recouvrer les corps, qu'ils nommoient *vacua aut inania sepulcra* (STAT., *Theb.* 12) :

Nomina, quod superest, vacuis datis orba sepulchris,
Absentesque animas ad inania busta vocatis (2).

(1) C'est bien au livre XIX, mais au chapitre IV, que l'auteur de l'*Histoire Naturelle* décrit l'amiante. Voir dans le *Dictionnaire des antiquités grecques et romaines, d'après les textes et les monuments,* (Paris, Hachette, in-4°, fascicule III, p. 464), l'excellent article de M. E. Saglio, directeur de cette belle publication, article intitulé *Asbestus ou Amiantus.*

(2) Ce sont les vers 161 et 162 du livre XII de la *Thébaïde*, de Stace.

De mesme qu'ils usoient de vases feints qui n'avoient que la forme et non pas la capacité requise pour contenir les cendres d'un corps mort. Soit que ces pièces soient anciennes, soit qu'elles ne le soient pas, elles sont vostres, Monsieur, et seront, s'il vous plait, un petit gage du service éternel que vous voue du meilleur de son cœur, Monsieur, vostre trèz humble serviteur en Nostre Seigneur,

JEAN GAVET (1).

D'Avignon, ce 4 mars 1633.

III

MONSIEUR,

Vous m'obligés par trop de vous souvenir de moy. Je désirerois d'avoir moyen de vous servir et contenter vostre louable curiosité de plus grand chose que ce que m'avés demandé, que j'ay copié ci contre (2) et vous renvoye l'extrait que m'avés mandé. Vous pouvés asseurer que les priviléges que Messeigneurs les princes d'Orange ont sont originaux, et qu'ils contiennent la vérité puisqu'ils sont confirmatifs les uns des autres. J'ay veu plusieurs procédures et en d'actes et transactions passées entre les princes et les Hospitaliers de Saint-Jean pour la donation faite par Tiburge et son neveu auxdits Hospitaliers de leur part de la seigneurie d'Orange (3), mais je n'ay peu avoir aucun mémoire de la dicte donation, ouy bien une cassa-

(1) Bibliothèque Nationale. Fonds français, vol. 9539, f° 198. Autographe.

(2) Privilége de l'empereur Conrad II en faveur de Raimond de Baux, de 1146 et du IV des ides d'aoust.

(3) « Il y a transaction entre Guillaume des Baux et les Hospitaliers pour les droits par eux acquis de la dicte Tiburge et de Raimbaud d'Orange, son neveu, 1215, et le testament du dict Raimbaud en leur faveur, 1218. » (*Nota Peirescii*, à la marge.) — A la suite du document communiqué par J. de La Pise, Peiresc a placé cette autre observation : « Ces deux priviléges furent annullés et révoqués par le mesme empereur, Frédéric Ier, *apud Taurinum* 1162, XV *kal. septembr.*, parce, dit l'empereur, que ceux de Baux les interprétoient contre sa propre

tion faite par l'empereur Frédéric en faveur des Princes d'Orange. Il me semble que vous me dites que la dicte donation estoit aux archives d'Aix. S'il y avoit moyen, Monsieur, d'en avoir un extrait ou quelque mémoire, cela m'esclairciroit de quelque doubte et de tant plus je vous serois obligé. Excusez-moy, s'il vous plait, et croyez asseurément que je suis, Monsieur, vostre, *etc.*

JACQUES DE LA PISE (1).

A Orange. ce 16 avril 1607 (2).

IV

MONSIEUR,

Les douleurs que mon mal de jambe me cause ne m'ont sceu empecher de parcourre vostre *Registre du pape Clément IV*, et d'en tirer sept ou huit belles pieces pour en enrichir nos travaux, et vous y rendre ce que je dois à vostre rare et incomparable merite. Sur tout pour deux ou trois *Lettres d'un Evesque d'Avignon transferé à l'Evesché de Valence*, et pour une autre *Lettre touchant le comté de Melgueil donné par l'Eglise à l'Evesque de Magalonne* (3). J'ay aussi veu et pris ce qui m'estoit

intention. » On ne peut, au sujet de quelque document que ce soit relatif à la maison de Baux, se dispenser de citer le précieux ouvrage de M. le docteur E. BARTHÉLEMY : *Inventaire chronologique et analytique des chartes de la maison de Baux* (Marseille, 1882, grand in-8° de XXX-680 pages).

(1) Le docteur Barjavel attribue cette lettre à l'historien d'Orange (*Dictionnaire historique, biographique*, etc., tome II, page 108, note 1). Il n'a pas remarqué deux grandes difficultés : la première, que le signataire de la lettre prend le prénom de *Jacques*, tandis que La Pise fils portait le prénom de *Joseph*; la seconde, que le dernier, né vers 1589, n'aurait eu, à l'époque où il aurait entretenu une aussi sérieuse correspondance avec le jeune magistrat, que dix-huit ans, âge où l'on n'est guère en état de *contenter la louable curiosité* d'un homme tel que Peiresc.

(2) Bibliothèque Méjanes, à Aix. Correspondance de Peiresc, tome IX, f° 453. Copie.

(3) Voir un savant mémoire de M. A. GERMAIN (de l'Institut) intitulé : *Géographie historique du comté de Melgueil et de la seigneurie de Montpellier*. Extrait du *Bulletin de la Société languedocienne de géographie*. Montpellier, 1882, in-8°.

necessaire *du titre d'Apt*, et vous renvoye le tout fidellement par ce vostre domestique, attendant que je puisse un peu mieux marcher pour vous en aller remercier plus dignement de vive voix, et vous asseurer toujours, Monsieur, que je n'aŷ ambition ni desir plus grand au monde que de vous pouvoir temoigner en effet l'estat et l'estime en laquelle j'ay les merveilles de vostre sureminent esprit, et les capacitez universelles que vous possedez et rendez encore plus excellentes par cette excessive bonté, courtoisie et honnesteté dont vous prevenez et ravissez les cœurs d'un chacun et plus que nul autre celui qui sera toujours, s'il vous plait, plus que tous ceux qui en sont et seront à jamais de toute son ame et sans condition, Monsieur, vostre tres humble, tres obligé et tres fidelle serviteur,

A la petite Chartreuse, ce 7 mars 1634.

P. DE LA RIVIÈRE (1).

V

MONSIEUR,

J'ay reçeu fidellement les memoires que je vous avois communiquees il y a quelque temps des Eveschez de Valence et de Die, non comme chose digne de vous, qui n'avez rien d'esgal à vous que vous mesme, mais comme

(1) Bibliothèque Nationale. Fonds français, vol. 9539, f° 182. Autographe. Je ne puis m'empêcher de dire sous cette lettre si cordiale combien je déplore que l'on ait attaqué avec tant de violence, soit autrefois, soit de nos jours, la loyauté d'un homme honoré de l'affectueuse confiance de deux aussi bons juges que Peiresc et que Gassendi. A ces témoignages si considérables il serait facile d'en joindre beaucoup d'autres qui auraient aussi une grande importance. Je me contenterai de rappeler qu'un historien des plus recommandables, Honoré Bouche, a parlé fort honorablement de P. de La Rivière dans divers passages de sa *Chorographie* (notamment, tome I, f° 590). Celui que l'honnête Bouche s'applaudissait d'avoir souvent loué, ayant fait voir « l'estime en laquelle il estoit parmy les gens doctes », celui-là n'a pas plus démérité comme savant que comme religieux, et je redirai de lui ce que j'ai dit, un jour, de Baluze : il a pu être trompé, il n'a jamais été lui-même un trompeur.

une preuve assez visible de ce que je voudrois pouvoir mieux pour le service de vos precieuses estudes. Au reste, Monsieur, ce n'est pas à moy à qui vous devez rendre ces excez de complimens, puisque ma servitude s'estime encore trop glorieuse d'estre commandée de vous, et qu'en effet je ne cesseroy jamais de vous rendre devant Dieu et les hommes ce que je doi de toute ma devotion à l'honneur de vos affections et des obligations singulieres que vostre incomparable bonté et courtoisie se sont acquises sur moy. J'eusse bien souhaisté que ce temps de vacances m'eust escheu en partage de profit et de consolation prez de vous; mais, puisque l'obeissance en a disposé autrement, il faut se contenter d'avoir fait son devoir, attendant quelque autre sujet qui nous recouvre ce bonheur. Cependant *en vous remerciant tres humblement de l'offre de vos fastes,* dont je me reconnoi vostre tres redevable *pour n'en avoir autrement besoin* sur le travail qui me detient, je vous envoye une coppie du *testament de Beatrix comtesse de Provence,* plus fidellement extrait qu'il n'est bien escrit, pour n'avoir icy personne qui le sache mieux. Quelque autre pièce de plus ancienne datte et curiosité se pourra offrir en brief dont je vous feray part, assez heureux si seulement ma bonne volonté vous peut estre agréable. Je porte avec beaucoup de ressentiment et compassion le mal de M. de Vallavez et espere en nostre bon Dieu que ce ne sera pour long temps, puisque sa santé est si utile au bien du public et à vostre particulier contentement, vivant en luy comme en la meilleure partie de vous mesme. C'est tout ce que le peu de loisir que me preste vostre honneste porteur de lettres me permet de vous pouvoir escrire, mais non jamais assez pour me dire et confesser ainsi que je désire estre creu de vous et connu de tout le monde, Monsieur, vostre tres humble et tres obeissant serviteur,

P. DE LA RIVIÈRE.

P.-S. — A mon arrivée de [la] Char[treu]se, j'ay trouvé

icy un pacquet de M. Camusat (1), dans lequel il y avoit deux exemplaires de l'*Epitre d'Amolon sur l'ordre ancien des paroisses* (2). Je vous en offre l'un avec tout le demeurant de tout le peu que je puis.

A vostre Bonpas, ce 18 septembre 1634 (3).

VI

A M. du Peiresc, Abbé et Conseiller au Parlement. Aix.

MONSIEUR,

J'arrivay vers trois heures à Cavaillon où Monseigneur

(1) Le célèbre libraire de Paris, Jean Camusat, — qui fut le premier imprimeur de l'Académie française et qui mourut en 1639.

(2) Il s'agit là d'une lettre écrite vers 844 par Amolon, archevêque de Lyon, et qui fut publiée chez Jean Camusat par son homonyme le docte antiquaire Nicolas Camusat, chanoine de Troyes (in-8°, 1633). Voir sur Amolon, sur sa lettre et sur ses autres ouvrages, l'*Histoire littéraire de la France* (tome V, p. 104-111).

(3) On pourrait rapprocher de ces deux lettres une autre lettre de Peiresc, du 9 avril 1634, qui est conservée dans la Bibliothèque d'Inguimbert (Collection Peiresc, registre XLI, tome 22, f° 46). P. de La Rivière, après avoir dit qu'il était, le 9 mars précédent, en la chartreuse d'Aix, ajoute (f° 47) : « Après nostre retour du chapitre, je me rendray, s'il plaist à Dieu, plus soigneux et curieux de me revancher selon toute l'estendue de mon petit pouvoir de tant de grands et rares tesmoignages que je reçois de jour à autre de vostre parfaicte bonté et amitié, et de ceste incomparable capacité de laquelle les plus hautes louanges ne peuvent accroistre l'admiration...... » Voir diverses autres lettres de P. de La Rivière à Peiresc, accompagnées de lettres de ce dernier au savant religieux, dans le tome X de la correspondance conservée à la Méjanes (f° 1 à 128). Ces lettres sont précédées d'une notice qui n'apprend rien de nouveau sur Dom Polycarpe de La Rivière, « prieur de Bompas, sur la Durance, proche Avignon ». Voir sur la chartreuse de Bonpas le livre de feu le marquis Louis de Laincel : *Avignon, le Comtat et la principauté d'Orange* (Paris, Hachette, 1872, p. 185-189). J'aime trop à payer mes dettes, pour ne pas dire ici avec une vive reconnaissance que je dois la copie des deux lettres de P. de La Rivière à mon éminent confrère M. E. Caillemer, correspondant de l'Institut, doyen de la Faculté de droit de Lyon.

l'Evesque (1) me retint avec très grande courtoisie, et le vouloit faire beaucoup plus longtemps. De Saint-Canat (2) jusques à Lambesc (3) nous fusmes fort mouillez non ὑετῷ *sed* ὄμβρῳ (4). Le matin, vostre cheval en le montant s'ombragea de façon qu'il me jetta, et si Dieu ne m'eut aydé, j'eusse encouru un grand mal, ayant frappé de la teste contre la muraille, dont en ay receu une bosse. Je tascheray de vous complaire touchant la népotisme et peut estre vous envoyeray-je un traité de la propre main du Cardinal Bellarmin: *Quod Christus non fuerit rex temporalis* (5).

Ces Messieurs qui ramenent vos chevaux, desquels je vous remercie fort, comme aussi de tant d'autres faveurs excessifs, sont de vos très grands amis et nostres aussi. Leur partement pressé ne me fait estre plus long.

(1) C'était Fabrice de la Bourdaisière, qui siégea de 1616 à 1646.

(2) Commune du département des Bouches-du-Rhône, arrondissement d'Aix, à 16 kilomètres de cette ville.

(3) Chef-lieu de canton de l'arrondissement d'Aix, à 21 kilomètres de cette ville, à 5 kilomètres de Saint-Cannat.

(4) C'est-à-dire non par une petite pluie, mais par une grande averse.

(5) On lit dans Gassendi (*De vita Peireskii*, l. IV, à l'année 1626, p. 303-304) : « *Non omittendum, fuisse quoque magnopere exhilaratum consuetudine perhumana Iocobi* (*sic* pour *Johannis*) *Lorini e Societate Iesu, Psalmorum commentatoris qui cum prius Roma rediisset, Avenione ad ipsum venit, et autographo quodam Bellarmini donavit* ». Qu'est devenu un aussi précieux autographe ? Les auteurs de la *Bibliothèque des écrivains de la Compagnie de Jésus* n'en font aucune mention. J'appelle sur le manuscrit disparu l'attention de tous les bons chercheurs de France et d'Italie. Rappelons que Peiresc eut les meilleures relations avec le cardinal Bellarmin à partir de l'année 1600, où il avait fait sa connaissance à Rome. Voir ce que dit de ces relations Gassendi soit à l'année 1600 (l. I, p. 38), soit à l'année 1621 (l. III, p. 268).

Mes recommandations à M. Borrilli (1) et à vos saintes oraisons, m'obligeant de mesme en mes *in devotis*.

Vostre serviteur en N. S.,

JEAN DE LORINI, *de la Compagnie de Jésus* (2).

D'Avignon, 14 juillet 1626 (3).

VII

A Monsieur de Peyresc, à Paris.

MONSIEUR,

J'ai heu nouvelles de Rome avec beaucoup de contentements que l'affere du sieur Margualier est en bon estat et sur le point d'estre jugé come vous verrés par la letre de Monsieur de Calas (4), dans laquelle est marqué au long ce qu'en escrit à Monsieur de Valavès (5) le sieur Silvestre,

(1) L'antiquaire d'Aix Boniface Borrilly dont je m'occuperai prochainement, ainsi que d'un autre antiquaire de la même ville, Rascas de Bagarris.

(2) Peiresc écrivait à Gassendi, quatre jours plus tard : « Nous avons gouverné icy le bon père Lorinus, en la compagnie duquel il s'apprend de très belles choses. »

(3) Bibliothèque Méjanes. Correspondance de Peiresc, tome VI, f° 333. Copie. On trouve (*ibid.*) une autre lettre du père Lorini à Peiresc, écrite d'Avignon le 24 juillet 1626. Cette lettre, fort intéressante, où il est question de la mort du cardinal de Sainte-Susanne, de l'opposition faite par M. Duval, docteur de Sorbonne, « jadis mon bon écolier et pénitent », à « la malheureuse censure de la Faculté de théologie contre Santarelle », de l'introduction dans la ville et le diocèse d'Aix (recommandée à Peiresc) du pieux usage que voici : « *Le soir, après l'Ave Maria, sonnerie spéciale pour les âmes du purgatoire*, comme on fait ici de quelques naissance », cette lettre, dis-je, a été publiée par le R. P. Prat dans ses *Recherches historiques et critiques sur la Compagnie de Jésus en France du temps du P. Coton* (tome V, *pièces justificatives*, Lyon, 1878, p. 399).

(4) C'était le père de Peiresc, Raynaud de Fabri, seigneur de Calas, conseiller à la cour des comptes d'Aix : il mourut doyen de cette compagnie, le 25 octobre 1625.

(5) C'était le frère cadet de Peiresc, Palamède de Fabri, seigneur de Valavès, déjà souvent mentionné dans les divers fascicules du recueil des *Correspondants de Peiresc*.

à quoi je me remets pour vous dire seulement que je vous envoieray les expeditions aussi tost les avoir receues, si je trouve commodité assurée. Si Monsieur de Valavès n'est à Paris vous ouvrirés sa letre, s'il vous plest, et i verrés ce que je luy en marque, et aussi la commission que j'ey de monsieur l'auditeur, vostre grand ami pour un gentiliome de Bologne, qu'il desire par vos moiens fere estre chevalier de Saint-Michel (1), lequel s'appelle Louis Locatelli.

On desire que la commission s'adresse à Monseigneur de Ventadour. Vous l'obligeres grandement et moy aussi de nous envoier ces expéditions. Il est fort vostre serviteur et ne me voit jamés qu'il ne me demande quand vous viendrés. Je désirerois bien que ce feust bien tost aussi bien que luy et j'espère que si le voiage de Monsieur de Valavès a esté seul, le retour sera accompagné et que nous aurons le bien de vous revoir tous deux tout à coup.

Vous le devés pour donner ceste consolation à vos amis et serviteurs qui la desirent avec impatiance. Sil fault fornir quelque chose pour le dit cavalierat vous m'obligerés de le fere et je le ranbourceroy aussi tost pour m'estre ainsin recommandé par le dit sieur auditeur. Je vous envoie l'atestation de Bologne de la qualité du dit sieur Locatelli originelle dans le paquet que j'adresse au dit sieur de Valavès. Je crois que cela facilitera fort l'affere. Je le vous recommande de tout mon ceur.

En suite de vos commandements sur le memoire de la meson de Lause (2), je vous direy que j'en ay recherché

(1) Peiresc, très-influent à la cour à cause de ses excellentes relations avec les divers secrétaires d'Etat, pouvait facilement obtenir pour ses protégés l'ordre de Saint-Michel. Rappelons qu'en 1629, Peiresc offrait à César Nostradamus le choix entre le brevet de gentilhomme ordinaire de la chambre du Roi et le collier de l'ordre de Saint-Michel. Voir *Les Correspondants de Peiresc*, fascicule II, Marseille, 1880, p. 18.

(2) Les détails qui vont suivre sur la maison de Lause sont d'autant plus intéressants, qu'ils sont moins connus. On ne trouve, par exemple, aucune indication sur cette maison dans le *Dictionnaire* du docteur Barjavel. Signalons, dans le recueil du fonds français 9553, f° 103, une

tout ce qui a esté à moy possible et en ay trouvé ce qui s'ensuit :

Ils sont sortis de Villana en Piedmont, d'où est sorti Alexandre Lause, grand juris-consulte qui a addrétionné le Panorme et a lessé deus fils, lesquels ont exercé estast de cancelliers et autres honorables pour le duc de Savoie au dit Piedmont.

Jean Lause vint le premier en Avignon, oncle dudit Alexandre, lequel fit aliance par mariage avec la meson de Casagnes nobles duquel sont yssus Pierre et Louis Lauses.

Ledit Jean heut un frère nommé Pierre Lause, lequel se maria avec feu dame Tore de Perutiis (1) et lessa plusieurs enfans entre autres Pierre Lause qui heult un seul fils Pierre aussi qui se maria avec une demoiselle de bon lieu de Dijon et est mort sans enfans dont la race a fini à luy.

Au dit Pierre a succedé damoiselle Jeanne de Lause mariée en premières nopces à Apt avec feu le sieur de Milie et en segondes nopces avec le coronel de la Pene, Italien, gentiliome ; elle est morte vesve sans enfans, à laquelle ont succédé deus niepces dont une mariée avec le sieur Masse dudit Apt, l'autre vesve du sieur Catelet, abitant du dit lieu d'Apt. Ils avoient une belle maison auprès du Manye, possédée par achet ce jourd'huy par Monsieur Guion dans laquelle ce voient encores les armoiries qui sont quatre alauses l'une sur l'autre d'argent en champ d'asur avec les aliances des Perutiis. Ils avoient aussi d'autres mesons et biens en ceste ville, mais despuis la mort du dernier Pierre tout a esté vendu.

Les predecesseurs d'iceluy ont despandu et aliené de beaux biens jusques à quarante ou cinquante mille escus

généalogie inédite « de ceux de Lause tant de Marseille que d'Avignon » avec des armes *parlantes*, si toutefois on peut user de cette expression à propos de poissons, les dites armes étant formées *d'aloses* superposées.

(1) Voir sur la maison de Perussis tous les recueils généalogiques provençaux, et notamment l'*Etat de la Provence* par Robert.

et sont estés personnes honorables. Ils estoient tous du segond rang, dans nostre meson de ville, mais en un tamps il li avoit afforce gens de bonne qualité et s'il li avoit encore de la vie, sans doute ils seroient de premier rang, car de moindres qu'eux y sont bien montés. C'est tout ce que j'ey peu apprandre sur ce fait et crois que c'est tout ce qu'ons en peult sçavoir en ce pais pour en avoir fect la recherche tres exacte, come vous me l'avies ordonné et come estant obligé de fere en tout ce qui vient de vostre fait, vous assurant que le plus grand de mes contentemens c'est ce que vous degniés de m'emploier en quelque chose, car je n'ai point de plus grosse pation que de vous tesmogner par effet que je suis de ceur et d'ame, Monsieur, vostre très humble et très obeissant serviteur,

MONTDEVERGUES.

D'Avignon, ce 6 décembre 1621 (1).

(1) Bibliothèque Nationale. Fonds français, volume 9539, f° 171. Autographe.— Mon excellent ami M. Léon de Berluc-Perussis a bien voulu me communiquer une petite lettre, tirée de ses archives de famille, écrite, deux ans auparavant, par Jerôme de Lopès à « Monsieur de Callas, Baron « de Rians, Concellier du Roy en la Cour des Comptes, Aides et Finances, « à Aix » :

« Monsieur, vostre subjet a prins prou peine et peu advancé. Je ne lei james peu accorder avec sa partie et creins qu'il ne mange le cheval en plaidant. Toutefois je ne manquerai au besoin de l'assister puisque vous me l'avés commandé. Si Madame de Perutiis ne nous admest l'argent qu'avés forni pour son fils, je fere qu'il le lui baliera pour nous. J'atans le sieur de Valavès avec impatience et me resjouis de son arrivée affin qu'il vous solage come il est raisonable. Je vous prie me croire tousjours, Monsieur, vostre tres humble et tres obeissant serviteur.

« D'Avignon, ce 24 juli[et] 1619.

« MONTDEVERGUES. »

M. de Berluc, non content de me fournir cet intime document, a eu l'extrême amabilité de me faire ainsi connaître deux des personnages qui y sont mentionnés : « La dame de Perutiis était la belle-mère de Jérôme Lopès, Catherine de Galien des Issarts, femme de Paul de Perussis, baron de Lauris, et fille d'une Crillon. Le fils de cette dame, à qui M. de Callas avait prêté de l'argent, était sans doute Gaspard de Perussis, plus tard viguier d'Avignon. »

VIII

MONSIEUR,

Ayant M. le Prévost de Nostre-Dame cherché tout ce qu'il a peu pour satisfaire à vos desirs, enfin il a trouvé deux médailles cy incluses, l'une desquelles porte le sceau du cachet du Chapitre, qui est l'image de Nostre-Dame avec le croissant sous les pieds; l'autre les armoiries dudit Chapitre, desquelles aussi il vous en a fait faire le griffonnement (1) coloré comme vous verrés. Lesdites armoiries estoient la figure du vieux clocher de leur église qui estoit de la mesme façon avant qu'il eut esté abbatu, au temps que Pierre de Lune estoit assiégé dans nostre Palais (2), lequel clocher a esté depuis rebasti en la forme que nous le voyons. Lesdites médailles c'estoient les marques que le Capiscol donnoit aux prestres qui assistoient à l'office pour tirer leurs prébendes à proportion de leurs services; l'une servoit pour matines, l'autre pour la messe et vespres, et au bout du mois chacun rapportoit ces marques, et en donnoit autant d'argent qu'on avoit de marques. Et quand ils avoient besoin de quelque chose sur mois, ils portoient lesdites marques aux marchans, qui les prenoient pour autant d'argent comptant; parce que au bout du mois le Capiscol les reprenoit et leur donnoit le mesme qu'auxdits prestres. De cela appert qu'on ne marquoit point les absents sur le livre comme l'on fait maintenant. Ledit sieur Prévost a eu peine de trouver lesdites médailles et m'a dit que pour ce que vous marqués

(1) Ce que nous appelons le croquis.

(2) L'anti-pape Pierre de Luna (Benoît XIII) fut assiégé dans le palais des papes d'Avignon par le maréchal de Boucicaut (1398-99). Rappelons que Pierre de Luna jouit de l'évêché de Carpentras pendant les années 1408-1410 (*Gallia Christiana*, tome I, col. 908). Un vrai pape, Jules II, illustra, en ce même siècle (1473-1476) le siége de Carpentras, sous le nom de Julien de la Rovère (*Gallia Christiana*, *ibid.*, col. 909).

de l'*Agnus Dei*, il n'en a jamais rien appris pour le particulier de son chapitre, et qu'il croit que la cause en est, qu'il n'y a que despuis *Julius secundus* que leur église est érigée en métropolitaine, laquelle dependoit auparavant de l'archevêché d'Arles (1). Il m'a dit aussi que lesdites médailles et l'usage de icelles est de plus de six cents ans, et qu'il n'y a pas plus de trois cents ans qu'on en usoit encore.

Pour l'empreinte du sceau que vous desirés, il vous en fait faire une sur le plomb que je vous enveyray ; elle ne representera autre que l'image susdite de Nostre-Dame. C'est tout ce que j'ai sceu dudit sieur Prévost qui m'a fort chargé de vous asseurer son tres humble service, et que vous avés tout pouvoir sur luy et sur tous les siens.

Je vous supplie de me croire tousjours, Monsieur, vostre, *etc*.

D'Avignon, ce 15 février 1629 (2).

MONTDEVERGUES.

IX

MONSIEUR,

J'ay bien eu du regret d'avoir apprins par celle que m'escrit Monsieur le Baron de Rians (3) la perte de sa fille (4).

(1) On lit dans le *Dictionnaire historique de la France* de M. Lud LALANNE (article *Avignon*) : « Sixte IV, en 1475, retira Avignon de la métropole d'Arles et en fit un archevêché qui eut pour suffragants les sièges de Carpentras, de Vaison et de Cavaillon. »

(2) Bibliothèque Méjanes. Correspondance de Peiresc, tome VII, 245. Copie.

(3) Claude de Fabri, déjà nommé (lettre X du cardinal Bichi), fils de Palamède de Fabri, seigneur de Valavès, successeur de son oncle Peiresc dans la charge de conseiller au parlement de Provence.

(4) Le baron, plus tard marquis, de Rians s'était marié, en 1631, dans le comtat Venaissin avec Marguerite d'Arlies appelée quelquefois des Alries, fille de Jacques, seigneur de Rousset, et d'Isabeau de Simiane (Voir *Généalogies des maisons de Fabri et d'Ayrenx* par JULES DE BOURROUSSE DE LAFFORE (Bordeaux, 1884, in-8°, p. 38). Ni M. de Laffore, ni les autres généalogistes, ses devanciers, n'ont signalé cette première fille du baron de Rians.

Je scay que cela portera du gros desplesir à toute vostre Maison. J'en ressans ma bonne part come n'aiant plus grosse pasion que de vous santir tres tous comblés de bonheur et de plesirs. Le bon Dieu qui a donné cele la en donera d'autres, s'il lui plest au contentement de tous (1).

Monsieur Mistrau, ces jours passés, poussé d'une genereuse curiosité, a voleu visiter nostre mont Ventour (2) où il a rencontré des curiosités dignes des beaus espris. Je l'ey prié d'en fere une relation pour vous l'envoier. Come il a feste vous la verrés et peult estre y trouverés vous quelque chose de vostre goust (3). Je voudrois que mes forces m'eussent peu permetre de fere le voiage. Je l'au-

(1) Le *bon Dieu* donna deux autres filles au baron de Rians : Suzanne, mariée à François-Paul de Valbelle, seigneur de Meyrargues et de Caderache, et Gabrielle, mariée à Scipion du Périer, deuxième du nom, chevalier, conseiller au parlement de Provence, petit-fils de Scipion du Périer, mentionné dans la lettre VI du cardinal Bichi (du 12 décembre 1636).

(2) On a parfois, au XVIIe siècle et même de nos jours, préféré la forme *Ventour* à la forme *Ventoux*. Le plus grand des poètes méridionaux a dit, dans le chant III de son délicieux poème de *Mireio* :

E Ventour que lou tron labouro.

L'habile traducteur en vers francais de *Mireio*, M. le premier président E. Rigaud, s'exprime ainsi dans une de ses notes (Paris, Hachette, 1880, p. 129) : « C'est à tort que les géographes écrivent *Ventoux* au lieu de *Ventour*. Les populations voisines de cette montagne prononcent unanimement Ventour. Un de ses appendices porte le nom de *Ventouret*. » Conférez l'ouvrage déjà cité de Castil-Blaze, (*Molière musicien*, tome I, p. 46). Cet écrivain, dans sa tirade contre la forme *Ventoux*, repousse l'étymologie généralement adoptée (*Ventosus*) et propose la très fantastique étymologie *mons Venturi*, montagne-signal.

(3) La relation de M. Mistrau ne nous a pas été conservée dans les manuscrits de Peiresc. Comme dédommagement, j'ai voulu offrir à mes lecteurs (*Appendice*) la description d'une des grottes du mont Ventoux.

rois fait très volontiers. Je serei tousjours bien aise de rencontrer les occasions de vous pouvoir tesmogner que je suis et dois estre, Monsieur, vostre, *etc.*

MONTDEVERGUES.

D'Avignon, ce 12 septembre 1633.

P.-S. — Je cres que vous aures receu la caisse de vos livres des mains dc Jean Barre et vous serey bien obligé, s'il vous plest, me fere sçavoir le despart du R. P. Athanase (1) et qu'il vous plese de luy recommander mes enfants qui sont en Allemagne (2).

X

MONSIEUR,

Je ne sçaurois asses vous remercier de la faveur et de l'honneur qu'il vous plaist de me continuer par les vostres, et ensemble de la peine qu'avés prise de m'excuser envers

(1) S'agit-il là du père Athanase Kircher, né près de Fulde en 1602, mort à Rome en 1680, qui habita quelque temps Avignon ? Voir ce qu'en dit, à l'année 1633, *De vita Peireskii*, l. V, p. 388, Gassendi qui l'appelle *virum eruditionis oppido magnæ*. Conférez *Bibliothèque des écrivains de la Compagnie de Jésus*, tome II, in-f°, col. 445-461). Ne serait-il pas plutôt question d'un autre religieux qui, sous le simple nom de père Athanase, figure parfois dans la correspondance de Peiresc ?

(2) Bibliothèque d'Inguimbert. Collection Peiresc, registre LIII, f° 154. Autographe. Le docteur Barjavel a reproduit (*Dictionnaire historique... de Vaucluse*, tome II, p. 253, note 1), une autre lettre autographe de Montdevergues à Peiresc, datée d'Avignon le 8 mai 1614, conservée dans la Bibliothèque d'Inguimbert (à la fin du second volume du manuscrit 529 *(Discours et commentaires de Louis de Perussis)*. La lettre concerne ce même manuscrit autographe qui était alors entre les mains d'un sieur Zanobis (d'Avignon) et qui fut donné par ce dernier à Peiresc. Combien il serait à désirer que l'on donnât une édition complète et abondamment annotée des *Discours des guerres de la comté de Venayscin et de la Provence !* Une partie de ces curieux récits est inédite et la partie publiée en 1563 et en 1564 est tellement rare, qu'elle est presque introuvable. Une telle publication devrait bien tenter quelque grand travailleur provençal.

Monseigneur d'Aix (1). Je suis honteux sans quelque legitime subject de luy estre importun par mes lettres. C'est pourquoy par respect j'attandré quelque juste occasion pour le saluer, ce que je ne laisseré de faire, en attandant, par vostre moien, s'il vous plaist, quand vous le jugeres estre à propos. Car je scay que ce qui viendra de vous, lui sera tousjours tres agreable pour la singuliere affection qu'il vous porte (2).

Puis qu'il vous plaist de sçavoir ce que nous avions oublié de vous mander par mes precedentes, qui est qu'à Cavaillon nous attendismes durant les vespres pour apres icelles estre introduit à la cave que vous avies marquée, par le propriétaire du jardin où est cette partye d'arc.

Mais après lesdites vespres, le chapitre s'estant assemblé pour donner queque arrantement, qui fut cause qu'aiant attandu longtemps et que l'on nous dit que ledit personnage estait empesché pour faire escripre le notere, la nuit aussy approchant, nous fusmes contraincts de perdre l'espérance de tenir ce que nous prétendions pour ceste fois.

Quant aux pièces d'ornements desquels on a voulu

(1) Alphonse-Louis du Plessis de Richelieu (1626-1629).

(2) Voir ce que raconte Gassendi (l. VI, p. 586) de la douleur que causa la mort de Peiresc au cardinal de Lyon.

On lit dans le *mémoire* (déjà cité) de Léon Ménard sur *quelques anciens monuments du comtat Venaissin* (p. 421, 422) : « L'habitation et le séjour des Romains la rendirent [la ville de Cavaillon] une des villes les plus ornées du pays : on y trouve tous les jours, en creusant sous terre, quantité de médailles, d'inscriptions grecques et latines, et de fragmens d'architecture. De tous les monuments d'antiquité qui se trouvent à Cavaillon, il n'en est point de plus digne de notre attention que les fragmens d'un arc de triomphe qui se voient dans le jardin du prévôt de la cathédrale. » Ménard nous apprend (p. 423) que « le célèbre Mignard » [non, mais un homonyme du peintre] fit un dessin de ce qui nous reste de ce monument (une grande et seule arcade), dessin d'après lequel a été faite l'estampe donnée par Dom B. de MONTFAUCON (*Antiquité expliquée*, tome IV, l. VI, chap. 8).

embellir l'église de Saint-Veran (1), je ne puis m'imaginer qu'elles soient sorties de l'arc susdit d'autant que ce ne sont que rosaces ou autres semblables ornemens desquels on orne ordinairement les entre modillons du reject des cornices, soit ionique, corinthienne ou composée ou latine. Et veu la grandeur des dits ornements, je ne puis croire qu'ils aient servi audit arc, n'aiant en soy proportion pour avoir soustenu une telle cornice. Ou de deux choses une pourroit avoir esté la premiere que ceste partye d'arc que nous avons veue ne fut qu'un des portiques des costés du grand qu'il faict presupposer avoir esté au milieu ainsy qu'il se void à celui d'Orange (2) ou dans les antiques ceux de Lucius Septimus ou de Constantin.

La seconde pourroit aussy avoir esté si les portiques à costé de l'arc que nous avons veu avoit eus leurs cou-

(1) C'est la belle petite église romane du village de Vaucluse, où l'on remarque un sarcophage gallo-romain qui servit de tombeau à saint Véran, patron de la paroisse. Voir sur cette église, outre le *Dictionnaire* de M. Jules Courtet, la *Notice historique sur le tombeau de saint Véran à Vaucluse* par l'abbé J.-F. ANDRÉ, curé de Vaucluse (Carpentras, 1852). Feu l'abbé André signale aux archéologues (p. 11) les deux colonnes antiques qui soutiennent l'arc du sanctuaire et qui, dit-il, proviennent, ainsi qu'une grande partie des matériaux qui ont servi à la construction de l'église, d'un temple consacré, d'après Pétrarque (*De vita Solita*, l. II, sect. x), aux nymphes des fontaines.

(2) Sur l'admirable arc de triomphe d'Orange, les citations pourraient être innombrables. Je ne renverrai qu'au *Mémoire critique sur l'arc de triomphe de la ville d'Orange*, lu par Ménard à l'Académie des Inscriptions dans l'assemblée publique d'après Pâques 1753 et inséré dans le tome XLIV du recueil in-12 (1771, p. 326-360). Ménard cite sur ce monument, le plus beau de ce genre que nous possédions en France, Joseph de la Pise, Spon, B. de Montfaucon, le baron de la Bastie, cet érudit qui fait tant d'honneur à sa ville natale, à cette ville de Carpentras si bafouée par les mauvais plaisants et pourtant berceau glorieux, autrefois comme aujourd'hui, de tant d'hommes distingués dans les arts, dans les lettres et dans les sciences. Revenons à l'arc de triomphe, pour rappeler que Peiresc croyait que ce monument avait été élevé non pour Marius, mais pour Fabius Maximus. Voir Gassendi, l. I, p. 83, à l'année 1602.

vertes ou les linteaux droits et que tels ornements eussent servy au dessoubs desdits linteaux ainsi que les antiques estoient accoutumés faire en semblables choses par faute d'avoir veu les fondements dans la cave par dessus je ne puis rien dire d'asseuré de cest œuvre. Le secrétain (1) de Saint-Véran avec quelques autres prestres nous monstrerent dans le vaisseau à l'entour de la ditte église quelques ornements et chapiteaux qui ne sont des plus beaux à mon goust, lesquels ils me dirent avoir esté recueillis des antiquités de la ville. Mais d'autant que le temps ne me permettoit de demeurer d'avantage et faisant obcur dans la ditte église, je ne les ay examinés. C'est pourquoy je ne puis rien dire d'assuré.

Nous fusmes visiter un bon père de la doctrine (comme je pense) qui demeure à une église neusve dehors la ville, lequel on me disoit avoir faict recueil des antiques de la ditte ville; mais, n'y rencontrant rien de notable, je me résolus d'aller monter à cheval pour aller coucher à Bompas où nous arrivasmes une heure dans la nuict ou plus.

Quant au portique du théâtre d'Orange (2) les indices se cognoissent en ce que les pilastres de l'architecture ne sont perpendiculairement les ungs sur les autres et tout désordonnés en l'estat qu'il sont. Joint le grand espace qui est entre les cornices du premier ordre jusques au bas du second avec quelques autres choses que je remarqué sur le lieu dont je n'ay mémoire qui me firent conjecturer qu'assurément il y avoit eu un portique regardant sur la place de la ville. Comme aussy dans l'angle de la

(1) C'est l'ancienne forme du mot *sacristain*, forme que l'on retrouve dans les *Essais* de Michel de Montaigne. Littré a signalé le mot *segretain* dans un texte du XIIe siècle et a rappelé que Ménage, défenseur de la leçon *sacristain*, déclarait que les villageois seuls disaient encore *segretain*.

(2) On rapprochera de cette description du magnifique théâtre romain d'Orange, les deux lettres suivantes de l'architecte F. de la Valfenière.

fassade à main gauche regardant le levant. Se void encore des attantes de pierres qui me font croire qu'il y avoit un temple en cest endroit, semblable a celuy qui est à l'autre bout de la ditte face regardant l'occident.

L'observance des antiques nous l'apprend ; car, si d'une partie se peut juger du tout, je puis assurer que la simetrie les obligeoit d'en avoir faict un comme les indices apparents le monstrent.

Pour ce que l'on vous a dict que nous avions commencé quelque chose d'architecture, c'est la vérité que parmy les longueurs des incommodités de la maladie qui m'a travaillé au commencement de ma venue en ce saint ordre, je m'estois résolu de reduire tous les petits recueils de ma jeunesse ensemble et y joindre les règles tant generalles que particulières de l'architecture, de mesme en quelques endroits esclaircir des choses dont je ne suis encore peu contenter dans beaucoup d'auteurs que nous avons veu, soit pour en dresser des reigles faciles et infaillibles, comme aussy d'y adjouster beaucoup de choses que j'ay remarquées y estre nécessaires pour son accomplissement avec plusieurs figures de diverses sortes sur chascun subject pour demonstration d'instruction des reigles et inventions à quoy j'esperois de parvenir par les commencements et fondements que je m'estois proposé. Mais, comme ma langueur continuoit, on eut opinion que mon assiduité et estude fomentoit la maladie, c'est pourquoy l'on trouva bon que je ne m'y arrestasse plus, à quoy j'acquiescé au simple commandement qui m'en fust faict, c'est pourquoy il y a fort peu d'advancement. Ma principale intention en cela estoit de reduire en bon ordre en un corps beaucoup de choses nécessaires à cest art et abreger pour soulager ma mémoire et rendre contantement à ceux qui quelquefois ont desiré quelque chose de mon service. Mais j'ay tousjours ceste resolution pour tenir mon inclination subjecte et resignée que toutes les belles choses qui sont au monde et des quelles je pourrois avoir ou prendre cognoissance, ne me peuvent sauver. Il n'y a que le seul amour de mon Sauveur Jesus avec ses misericordes qui le puisse faire. De toutes les autres choses terrestres il en faut user avec action de graces autant que la nécessité ou la biens-céance le requiert et vivre icy en pelerin, car nostre patrie n'est pas icy ; il fault passer plus oultre. Je supplie son infinie bonté me faire la grace de vous veoir dans ces éternelles et bienheureuses mansions pour le benir et adorer sans fin.

Nous vous envoions du christal dont nous vous avions parlé à Aix. Il se trouve dans des cavités parmy la terre ou l'on tire la mine de fer aux montagnes d'Allevard, proche de Grenoble (1). Il y en a de toutes les façons tant gros que petits, pur et impur, ou vous remarquerés une mesme figure ou forme ainsi qu'il vous pleust nous l'apprendre dans vostre cabinet à la veue des raretés qui y sont.

Monsieur l'advocat m'ayant assuré que désireés avoir un paisage des montaignes de Chartreuze, je vous en envoye un par luy mesme, avec regret que je n'ay encore peu accomplir mon désir tant pour vostre lict antique que maison de Viame (2), qui sera en bref, Dieu aydant. Cependant je vous supplie et Monsieur de Vallavez aussy de me continuer l'honneur de vostre bien

(1) La ville d'Allevard, chef-lieu de canton de l'Isère, est à 40 kilomètres de Grenoble. Adolphe JOANNE, dans l'article sur cet établissement thermal de son *Dictionnaire des communes de la France*, signale la mine de fer d'Allevard.

(2) Mot de lecture douteuse et que, par conséquent, il ne faut pas essayer d'expliquer.

veillance et croire qu'à james je sere desireux de vous tesmoigner le ressentiment que j'ay d'estre, Monsieur, vostre tres humble obligé et tres affectionné serviteur,

HIEROSME PASQUIER (1).

De la Grande Chartreuse, ce 25 may 1627.

XI

MONSIEUR,

Vous avez occasion de plainte contre vostre obligé et tres humble serviteur pour avoir tant differé le voyage d'Orange, néanmoints ce m'a esté un bon rancontre le passaige d'un frère Jerosme à la compagnie duquel j'ay beaucoup apris (2). Nous fusmes très bien receus de Monsieur l'Esveque (3) et de Monsieur le Gouverneur (4).

(1) Bibliothèque nationale. Fonds français, vol. 9544, f° 117. Autographe. — On voudrait bien avoir quelques renseignements sur le père Jérôme Pasquier, martyr de son amour du travail. Puissent ceux qui s'en occuperont être dans leurs recherches plus heureux que moi !

(2) Il s'agit là, comme l'indiquent la similitude des noms et la coïncidence des dates, du père Jérôme Pasquier, l'archéologue auteur de la précédente lettre.

(3) L'évêque d'Orange était alors Jean de Tulles, qui siégea de 1608 à 1640. Ce fut un parent et un correspondant de Peiresc. J'ai publié de ce prélat, dans le *Bulletin historique et archéologique de Vaucluse*, quelques curieuses lettres à Peiresc, et je publierai les réponses dans le grand recueil de la correspondance de ce dernier.

(4) Ce gouverneur s'appelait de Walkembourg. Voir dans le volume LXXVIII de la collection Peiresc, à la Bibliothèque d'Inguimbert, spécialement consacré à *Aurenge* (*sic*), une lettre de ce gouverneur au prince d'Orange, du 29 octobre 1628, et une relation intitulée : *Véritable récit de ce qui s'est fait et passé en la ville et chasteau d'Orange pour y restablir le service de M. le Prince* [Frédéric-Henri de Nassau] *contre le sieur de Valkembourg, gouverneur de ladite place, lequel s'étoit rebellé*, etc. (f° 219 et suiv.) Walkembourg eut une fin tragique (juin 1630) ; selon PITHON-CURT (*Histoire de la noblesse du Comté-Venaissin*, tome I, p. 413), il mourut d'un coup de feu reçu en se défendant dans le château d'Orange contre ceux qui venaient, de la part du prince, l'arrêter comme traitre. S'il fallait en croire le *Sorberiana*, ce serait dans la chambre de sa grande amie, la très jolie femme de l'historien Joseph de la Pise, qu'il aurait été frappé mortellement par les émissaires de Frédéric-Henri de Nassau.

Le temps nous fut si contrere et les vents qu'ils ne me permirent non seulement de bien desegnier, mais de pouvoir mesurer la facade du teatre laquelle regarde le chasteau, estant de très difficile abort à cause d'une quantité des maisons qui sont basties tout contre. Il eust fallu des homes, cordages et eschelles pour l'aborder, passant par dessus les toits des dites maisons, ce qu'aurions fait n'eust esté l'impetuosité des vents qui ne nous permetait à nous tenir debout. Toutefois avec les pas et à discrétion j'ai prins la longeur et largeur du dit téatre et en ay dressé un plan au net avec la montée de tout ce qui se pouvoit voir à l'œil et croy n'estre pas très eslognié de sa vraie mesure s'acordant aulcunement avec memoire de l'ingenieur de Monsieur le Gouverneur, laquelle je vous envoierai ensamblement avec le plan et la montée.

Monsieur de Mondevergue désire d'en estre le porteur et le vous randre de ses mains après le dimanche de Quasimodo qu'il vous ira voir, comme il m'a dit. J'aprehendois, Monsieur, de vous envoier une chose laquelle ne feust exactement faite et comme il faut. Désireux de retourner à ce beau temps, pour estre le téatre une tres belle edifice et digne de remarque comme aussi la tour de l'arc triomphal. Vous verrez par le plan et la montée la corespondance de ce téatre avec les aultres qui sont aujourd'ui en Italie. Il n'i a aulcun vestige de la plase d'un téatre. Les degrés estoient contre la montagne ; la place de la scène s'y cognoit fort bien le pulpito (1) et siege de l'empereur, le proscenio aussi et crois que le portico y estoit du costé de la grande place, et qu'on y trouvroit le fondement des colonnes ou pilastres le long de ceste grande muraille. Le frere Jerosme estoit de mon advis. Vous recevez, Monsieur, ma bonne volonte sans avoir egard à mon peu

(1) *Pulpito* est, à proprement dire, le nom italien de la chaire à prêcher. Ici *pulpito* désigne une sorte d'estrade.

de scavoir. Ce n'est pas la cherté de temps qui m'a fait differer, c'est l'aprehension que j'ey eu de vous donner chose laquelle ne feut bien et exactement faite et digne de vostre merite et vertu, desireux d'emploier tant de temps qui me reste en ce que vous me jeugerez propre comme celui qui suis, Monsieur, vostre tres humble et obeissant serviteur,

DE VALFENIÈRE.

D'Avignon, ce 2 avril 1627 (1).

XII

MONSIEUR,

Je vous envoie le plan et l'eslévation du theatre d'Oranges. C'est la facade du costé du chasteau comme désiriez et crois n'estre pas trop eslognié des mesures que j'ay prinses par la base et aux lieux où il m'a esté possible ; elles ne different pas de celles que m'a donné l'ingénieur de Monsieur le Gouverneur, comme voierez par le memoire que j'ay marqué dans la pièce qui represante les costés du dedans du dit theatre. Toutes les proportions sont grandement correspondantes et simétrices (2) ensemblement, Je suis infiniment marri de ne vous en donner un plus exact desseing. Il est toutefois fort resamblant et aprochant des mesures. Le mauvois temps en est la cause.

J'aurois faict la facade du costé de la place avec ses mesures, n'eust esté la rigeur du temps. J'en ay toutefois fait quelque mèmoire, que si vous estiez désireux de l'avoir, je vous supplierois de m'envoier ceste feuille que je vous donneray en perspective, laquelle suivant le

(1) Bibliothèque Nationale. Fonds français, vol. 9539, f° 154. Autographe.

(2) Littré n'a pas recueilli, dans son *Dictionnaire de la langue française*, la forme *simétrice*. Je constate qu'il cite le mot *symétrique* comme ayant été seulement employé par des écrivains du XVIII° siècle (Diderot, Gresset).

memoire de l'ingenieur et celles que j'ay prinses je vous le dresserois exactement avec ses mesures et en manière d'architecte et le vous manderois incontinant, ce que je pourrois faire dans le cabinet ensamblement, jè désire vous mander le plan de l'arc avec ses quattre facades ; c'est une très belle pièce. Il faut que je me porte encor un coup sur le lieu pour en pouvoir faire exact desseing. J'espère que le graveur de ceste ville le mettra en planche, on le demande de tous costés. Vous recevrez, Monsieur, ma bonne volonté et affection que j'ay d'estre eternellement, Monsieur, vostre tres humble et obéissant serviteur,

DE VALFENIÈRE.

Avignon, ce 18 avril 1627.

P.-S. — Je vous supplie, Monsieur, m'emploier en tout ce que me jeugerez propre soit pour les antiques de Nismes ou Saint-Remy (1) ou aultres. Je tiendrai cela à tres grande faveur et honeur comme vostre très humble serviteur (2).

XIII

A M. de Peiresc, à Montpellier.

MONSIEUR,

C'est un excès d'amour que cestuy cy d'avoir mémoire d'un vostre serviteur si incapable de ces rares faveurs ; vray est que vos desseins sont divins, et vos entreprises ambitieuses d'imiter la Divinité qui ne recherche ni suject, ni object pour nous aimer, ains encore caresse nostre rien et nous aime au delà de tout nostre estre ; mais qu'avés vous

(1) Chef-lieu de canton des Bouches-du-Rhône, arrondissement d'Arles, à 23 kilomètres de cette ville.

(2) Bibliothèque Nationale. Fonds français, vol. 9539, f° 153. Autographe.

trouvé ou phantasié (1) en moy de proportionné à cette tant cordiale bienveillance? Ne fust peut estre que vous eussiez voulu m'oppresser de vos obligations *et nexes usque ad versuram.* Vous aymés la candeur qui vous est naturelle et peut estre vous donneray-je à soupçonner que je fais estat de ces paraphrases et boutades de Cour que j'abhorre et déteste le plus. D'ailleurs cet essay excessif de vostre amitié, que je ne méritay et ne pourrray mériter jamais, semble requerir de moy je ne sçay quoy plus que de l'ordinaire et ne se peut esgaler par termes usités, et rechercherois bien un style plus eslevé et courageux que tout ce qui peut venir de moy; néantmoins j'ayme mieux plier sous ce grand faix en protestant de ma nullité et incapacité, que de laisser ou la séance de ma profession ou la candeur que j'ay toujours aymé et admiré en vostre naturel. Que si nonobstant l'incapacité du subject vous voulés m'aymer de la façon, permettez-moy doncques qu'au réciproque je vous honore et fasse estat de vostre amitié, et faictes les paroistre avec plus d'authorité et puissance, (laquelle pieçe vous avés acquise sur moy) que n'avés faict par le passé. Je l'attends avec impatience et désire de voir lever les occasions de vous servir avec autant d'affection que pas une autre de tous ceux qui vous ayment le plus.

Touchant l'offre que vous me faictes de vos rares pièces, je ne le puis accepter (permettés me le, s'il vous plaist), m'estant autant les extraits pour ce que j'en ay à faire comme si je les avois gravées sur le diamant. J'ay admiré surtout celle de la reyne Jeanne de laquelle vous faictes tirer le portraict (2), qui sera bien un chef-d'œuvre pour mon entre

(1) C'est-à-dire imaginer. On trouve le mot *fantasier* dans les *Essais* de Montaigne, dans les *Satires* de Regnier, dans les *Mémoires* du cardinal de Retz, etc.

(2) Jeanne, reine de Naples, qui vendit Avignon au pape Clément VI.

prise (1). Nous avons icy à Saint-Véran (2) le portraict en naturel d'Urbain V en une chapelle qu'il a faict peindre à ses frais (3); les Chartreux de Villeneufve (4) ont celuy d'Innocent VI. Je tiens que les deux statues de Jean XXII et de Benoît XII qui sont sur leurs tombeaux à Nostre-Dame (5) sont d'après le naturel, car les effigies des Papes faites en Italie par divers y approchent fort. Quand à la *medaglie* de Clément VI, c'est celle qui peut servir le plus; j'en ay retenu les essais qui sont fort beaux, et que je prise au prix de l'or. S'il vous plaisoit de m'envoyer plus au net les essais des autres Papes que je vous renvoye, je le prendrois à grand heur. Au reste je ne sçay si vous n'auriés point par de là nostre Entrée de la Reyne, pour y passer quelquefois le temps (6). Si je cuidois que non, je trouverois expédient de vous en faire tenir de quelque

(1) Cette entreprise, comme on le voit, était un recueil de portraits de divers grands personnages mêlés à l'histoire de la ville d'Avignon. Ce recueil a-t-il jamais été publié? Un autre ouvrage du P. Valladier est resté inédit : *Ecclesiæ monarchiæque Galliarum Historia, ab antiquitate Aveniensium repetita.* On en a la description et l'analyse dans le recueil de mémoires divers concernant l'histoire de Provence, conservé à Carpentras sous le n° 635. Voir le *Catalogue Lambert* (tome I, p. 439), où sont cités, à ce sujet, le *Dictionnaire* de Moréri, les *Mémoires* de Niceron (tome XX) et la *Bibliothèque historique de la France* (article 3084).

(2) Saint-Véran est une paroissse de la commune de Goult (arrondissement d'Apt, canton de Gordes), à 43 kilomètres d'Avignon.

(3) J'ai cru pouvoir substituer les mots *à ses frais* aux mots *sur le frais* qui ne signifient rien et qui sont évidemment un *lapsus* du copiste.

(4) Villeneuve-lez-Avignon, chef-lieu de canton du département du Gard.

(5) Notre-Dame des Doms, la cathédrale d'Avignon. Ces deux tombeaux sont encore deux des plus beaux ornements de Notre-Dame des Doms, celui du pape Jean XXII surtout, qui est vraiment un modèle de grâce et d'élégance.

(6) Le Père Valladier veut parler de la publication de 1601 (Avignon, in-4°) si singulièrement intitulée : *Labyrinthe royal de l'hercule gaulois triomphant sur le sujet des fortunes, batailles, victoires, trophées, triomphes, mariages et autres faits héroïques de Henri IV, roi de France et de Navarre, représenté à l'entrée triomphante de la reine en la cité d'Avignon, le 19 novembre 1600.*

part. Je fais maintenant graver à M. Greuter (1) trois planches, l'une de saint Benezet avec sa vie et miracles, et les portraits de la nouvelle et ancienne Avignon, qui sera, à mon advis, une chose agréable ; l'autre des saints titulaires d'Avignon qui en sont natifs (2), ou qui y sont morts, et la troisiesme des miracles qui s'y sont faits avec les images des saints qui les firent. L'œuvre estant achevée, qui ne sera pas, à mon advis, avant Pâques, je vous en fairay voir la monstre, et ensemble vous donneray nouvelles du crucifix que demandés. Quant à la description de l'amphithéâtre ou plustost du théâtre de Pole (3), et de l'arc de Saint-Chamas (4) ainsi appelé, nostre frère Martelanyes en a porté à Tornon (5), Serlio qui en est l'autheur en son Architecture, qui est à mon advis un chef-d'œuvre (6). Je suis après à voir s'il se trouvera à Avignon,

(1) Mathias Greuter, né à Strasbourg de 1564 à 1566, mort en 1638, pratiqua avec succès l'art de la peinture et de la gravure à Avignon, à Lyon, à Rome. On ne sait presque rien sur cet habile artiste que le docteur Barjavel n'a pas mentionné dans son *Dictionnaire*.

(2) Ce que l'on a pris pour un ouvrage spécial intitulé : *Imagines Sanctorum tutelarium Avenionis* (voir *Dictionnaire* du docteur Barjavel, tome II, p. 468) ne serait donc, d'après cette déclaration de l'auteur même, qu'une planche d'un recueil ? Je note, du reste, qu'aucun bibliographe ne semble avoir eu connaissance de ce recueil.

(3) Nom estropié comme le sont trop de noms dans les copies de la Méjanes. Faut-il lire Dôle (Jura), ville où l'on trouve encore une rue des Arènes, ce qui s'accorderait avec la mention d'un amphithéâtre ?

(4) Saint-Chamas est une commune de l'arrondissement d'Aix, à 53 kilomètres de cette ville. L'arc dont parle le père Valladier est l'arche d'un pont construit par les Romains sur la Touloubre et qui porte le nom de pont Flavien.

(5) Sans doute Tournon (Ardèche), où les Jésuites possédaient un si célèbre collège.

(6) Sébastien Sarlio, né à Bologne en 1475, mort à Fontainebleau en 1552, fut à la fois peintre, architecte et graveur. Son *Architettura*, où il exécuta, tant sur cuivre que sur bois, une suite de cinquante portes, a eu de nombreuses éditions. On cite celles de 1584 (grand in-4°), de 1619 (in-f°), de 1663 (in-f°).

comme je l'espère trouver chez quelque peintre ou Italien. Cependant j'attendray désormais vos commandemens que j'auray plus de loisir que par le passé d'effectuer, et de traister avec vous avec plus de familiarité; quoy attendant je demeure à jamais, Monsieur, celuy qui vous honore et ayme le plus pour vous servir à jamais,

André VALLADIER.

D'Avignon, ce 25 janvier 1603 (1).

XIV

A Monsieur de Peiresc, à Montpellier.

Monsieur,

Le sire Reinaudi m'a rendu premièrement le portrait de la reine Jeanne, ce que j'ay receu non tant comme l'image de cette célèbre princesse, que pour le tableau tracé au vif de vostre cordiale bienveillance et de vostre beau naturel. Depuis encore, avec mesme diligence, il m'a présenté de vostre part la boette avec les medailles bien scellée, ensemble vos lettres ; et ne pouvois desirer de luy ni plus de courtoisie, ni plus de devoirs qu'il en a montré; aussi est-il de mes meilleurs amis, secondant en cela l'affection que son fils m'a tousjours portée. Je ne sçaurois vous escrire avec combien de contentement j'ay receu l'un et l'autre argument de vostre cœur en mon endroit, et vous le pouvés aussi conjecturer à part, vous qui sçavés cor bien ces choses là me sont duisables et à souhait, aussi vous en demeure-je à jamais hipothequé, sans espoir de m'en acquitter. Bien est vray que depuis le

(1) Bibliothèque Méjanes. Correspondance de Peiresc, vol. 1031, f° 47 Copie.

commencement de ce caresme mes superieurs m'ont mis un ouvrage en main qui ne me donne que bien peu de respit qui a esté la cause de ce mien delay si mal gratieux. C'est un œuvre que je compose qui doibt voir le jour plus que de la France et Saxe, et Grèce ; il est de telle qualité qu'il y va de tout ce que je sçay, ou que je puis, ou espère pouvoir faire ; vous le jugerés aux effets (1). Cela vous puis-je dire que c'est tout autre chose que je n'ay encore entrepris, aussi mon entreprise ne sçauroit estre grande, puisque les forces sont petites. Cela m'avoit mis hors d'haleine et hors d'espoir de vous pouvoir sitost respondre sur une asseurance que j'avois que l'endroit où vous les aviés balliés vous estoit si seur, que vous en seriés en repos ; et ay eu prou de peine de desrober un moment pour vous tracer ou plustost vous esgratigner ce petit mot, voyant qu'on estoit en peine, et vous pouvés connoistre par ce stile precipité et par le caractere hasté, que je dis vray, et croyés moy, car il est ainsi. Et en ce seul temps là, j'ay laissé en arriere plus de dix lettres importantes sans response, si de près l'affaire me tient. Tout aussitost que j'auray un peu respiré qui sera bientost, je vous combleray jusques à l'importunité de mes lettres, et satisfairay de point en point à tout le contenu de toutes les vostres et miennes precedentes : mais de grace faictes moy cette faveur de tandis excuser mon silence qui m'est tres fascheux à supporter. J'ay pressé plus d'une fois le père Leonard et Don Royer de vous respondre; le premier m'a dit qu'il vous avoit escrit, et vous rescriroit bientost; l'autre maintenant est sur le pensement de defendre ses theses de theologie qui ne luy permettent de vous satisfaire si tost : il le faira, et me l'a asseuré.

(1) Voilà encore une entreprise du père Valladier sur laquelle nous ne savons rien, chose d'autant plus regrettable que, d'après les propres expressions de l'auteur, c'était son *va-tout*.

Monsieur, aymés moy et supportés un homme fort affairé et plus que ne croyés jusques qu'en ayés veu les effets. Il faut bien peu de chose pour occuper un homme de neant comme moy, vous baisant humblement les mains.

Le tout vostre

A. VALLADIER (1).

D'Avignon, ce 18 mars 1603.

(1) Bibliothèque Méjanes Correspondance de Peiresc, vol. 1031, f° 49. Copie.

APPENDICE

Le mont Ventoux est, depuis quelque temps, plus étudié, plus décrit que jamais. Si on lui consacrait une bibliographie spéciale, comme le comte Henry Russel-Killough l'a fait pour les Pyrénées, l'énumération des documents qui le concernent serait d'une singulière longueur. On mettrait en tête le récit de l'ascension de Pétrarque (27 avril 1336) (1); on finirait par le récit de l'ascension de M. Charles Ruelens, conservateur des manuscrits de la bibliothèque royale de Bruxelles (15 mai 1882) (2). Entre ces deux récits se placerait celui que le P. Labat, de la Compagnie de Jésus, nous a laissé de son voyage au sommet du Ventoux (juin 1711) (3).

(1) La lettre de Pétrarque à son ami Colonna (la première du livre IV de la correspondance de l'illustre écrivain) a été bien souvent traduite en français. On retrouvera une de ces traductions dans le petit volume intitulé : *Pèlerinage au Mont Ventoux, suivi de Santo-Croux*, avec de charmantes pages (en langue provençale) de J. Roumanille, une excellente notice de M. Requien, etc. (Avignon, Seguin, 1852, in-12).

(2) *La science de la terre. Une introduction et deux conférences* (Bruxelles, 1883, grand in-8°). C'est à propos de la création d'un institut météorologique à la cime du mont Ventoux, que le savant vice-président de la Société de géographie de Bruxelles raconta, dans une conférence du 18 décembre 1882, avec la plus agréable verve, les divers incidents de la mémorable journée du 15 mai précédent, mêlant à ses pittoresques impressions de touriste des considérations sur lesquelles j'ai déjà appelé (*Revue critique d'histoire et de littérature*, du 10 décembre 1883, p. 474) l'attention des esprits élevés.

(3) *Mémoires de Trévoux*, de mai 1714 (p. 895-918).

A côté de ces trois curieuses relations du XIVe, du XVIIIe et du XIXe siècles, il faudrait signaler deux remarquables monographies : l'une, d'avril 1863, *Le Mont Ventoux en Provence*, par M. Charles Martins (extrait de la *Revue des Deux-Mondes*) ; l'autre, de 1879, *Le Mont Ventoux*, par MM. Bouvier, ingénieur en chef des ponts et chaussées, Giraud, directeur de l'École normale d'Avignon, Pamard, docteur en médecine, membres de la Commission météorologique du département de Vaucluse (Avignon, Seguin, in-4°) (1). La description que l'on va lire mérite par son originalité, mais plus encore par les retouches dont l'honora la main de Peiresc, de prendre désormais un assez bon rang parmi les documents déjà publiés sur ce mont Ventoux que j'ai tant admiré sous tous ses aspects, pendant mes divers séjours à Carpentras, et auquel mon souvenir restera toujours fidèle, comme s'il s'agissait d'un véritable ami.

DESCRIPTION
DE LA GROTTE QUI EST AU MONT VENTOUX, TIRÉE DE MOT A MOT D'UN ESCRIT D'UN HOMME DIGNE DE FOY QUI A ESTÉ DEDANS

Il est certain qu'en la montagne de Mont Ventoux dans le comté d'Avignon, et du costé qui regarde le septentrion,

(1) Auprès de ces notices destinées aux lecteurs les plus sérieux, il serait injuste de ne pas citer de vives et spirituelles pages qui plairont à tous les lecteurs, celles où M. E. Barrême a raconté, dans la *Revue Sextienne*, son escalade du mont Ventoux. J'ai sous les yeux la troisième édition : *Une excursion au Mont Ventoux*, par Eug. Barrême, docteur en droit, directeur de la *Revue Sextienne*, etc. (Aix, Achille Makaire, 1881, in-8° de 29 pages).

au dessous des prez appellés vulgairement par les voysins de ladicte montagne prez de Monserein, et tirant du costé de Saint-Legier (1), y a une ouverture de roches assez difficile à trouver, à cause de la rudesse desdicts rochers, ou des grands boys qui s'y rencontrent. Toutefoys il y a un indice fort particulier ; car, à mesure que l'on s'approche de ladicte fente, l'on est pressé d'un vent qui sort de ladicte crevasse, et se rend si violent à dix ou douze pas dudict trou, qu'à peine peut-on resister; et s'approchant dudict trou de pas en pas, la force dudict vent se diminue, et en telle façon qu'à l'embouchure de ladicte fente il se peut porter une chandelle alumée. L'adicte ouverture est assez petite à son commencement, et [après] avoir marché dans icelle environ cinq ou six pas, du couchant au levant (dans un avancement que le rocher faict contre sa baze) (2), il faut puis après tourner un demy tour à droict, et l'on trouve l'ouverture plus facile et large; en façon que deux personnes y peuvent passer de front, environ quarante ou cinquante pas. Et après avoir descendu huict degrez, l'on y entre (*sic*) dans une grotte travaillée à pointe de marteau, icelle presque de figure carrée et d'environ vingt pans de longueur. Et d'icelle grotte l'on descend dix huict degrez en avant taillez à ciseau, comme dessus, et en bas y a une autre grande grotte bien unie, plus longue que large, tirant plus de vingt pas de longueur, et de douze de largeur; et d'un costé y a cinq anelles de fer plombées dans le rocher, d'une excessive grosseur, qu'à peine un homme de force peut les remuer en haut. Et de ladicte grotte l'on descend encore huict ou neuf degrez en avant, dans une ouverture fort estroite et rude, et au bout d'icelle

(1) Saint-Léger, commune du canton de Malaucène, à 20 kilomètres de cette ville.

(2) M. Lambert, qui a donné une analyse et des extraits du document (*Catalogue des manuscrits*, etc., tome II, p. 316, 317), a mal reproduit cette fin de phrase, imprimant : « que le rocher faict contre *la bise* ».

y a un grand rond, et au milieu d'iceluy y a un puits fort profond d'où l'on entend le murmure d'une eau, laquelle semble se battre dans des rochers; et à travers dudict puytz y a une grande pièce de bois, qui traverse les deux extremitez dudict puytz. C'est là tout le contenu de l'etact qui m'a esté baillé par ce personnage de condition honorable, agé d'environ 44 ans.

Mais outre cet etact j'ay apris de luy par deux foys que luy en suis allé parler, qu'il fut dans ladicte concavité, il y a environ seize ans, à deux diverses foys au jour de la veille de Saint-Jehan; la premiere fois n'ayant esté qu'à l'entrée de la premiere grotte dont il retourna tant pour la frayeur qui le saisit que pour n'avoir tous ses compagnons et appretz. D'autant qu'il dit avoir esté porté à ceste curiosité par un prieur Armandy, de Carpentras, qui mourut ceste derniere peste (1), et l'envoya querir; et aussi par un Villon, grand philosophe du mesme lieu, et qui a composé le *Soldat philosophe* (2), et par un Esberard, de Flassans, fort excellent poete, qui a faict l'*Abeille celeste*, et la *Guespe infernale*, et composé beaucoup de belles

(1) On lit dans la *Notice historique sur la ville de Carpentras*, par Charles COTTIER (1827, p. 133) : « En 1628, la ville de Carpentras fut affligée d'une peste cruelle, et la contagion fut si forte, que plus de 3,000 habitants périrent dans le seul mois de novembre. Ce fléau dura plus de huit mois; l'on n'en fut délivré qu'en 1629... ».

(2) On chercherait vainement le nom de ce *grand philosophe* dans tous nos plus considérables recueils biographiques et bibliographiques. Le docteur Barjavel n'a pas connu ce personnage. J'ai interrogé sur son compte un érudit qui travaille avec la plus noble ardeur à une biographie vauclusienne, laquelle sera fort supérieure à celle du Dr Barjavel, M. de Joannis (de l'Isle-sur-Sorgue), et voici ce qu'il a eu l'amabilité de m'écrire : « Antoine Villon, qu'on appelle aussi de Villon, naquit à Flassan [canton de Mormoiron, arrondissement de Carpentras, à 19 kilomètres de cette ville]; il y fut baptisé le 25 février 1589, le lendemain par conséquent de sa naissance qu'il précise lui-même dans le tome II de son *Usage des Ephémérides*, après le privilège : *Je suis né*, dit-il, *le* 24 *février* 1589, *à* 9 *heures* 11 *minutes*. Protégé par Henri de Bourbon, il devint professeur de philosophie à l'Université de Paris. Outre l'*Usage*

inventions pour les comédiens (1) ; et ces deux derniers sont encore en vie et sont à Paris. Tous ceux là avoyent pour conducteur un vieillard espagnol, lequel pour estre allé trop souvent dans ladicte grotte y est finalement resté (2). Mais lorsqu'ils y furent tous ensemble ce fut sur les neuf heures du soir, où ils rentrerent avec des flambeaux ; emportant avec eux un tour et des grosses cordes fort nouées qu'ils avoient portées jusques à l'hermitage secrettement, afin de pouvoir devaler dans le susdict puyts ; et afin qu'ils se peussent fortifier, ils y porterent beaucoup de confitures seches et vins exquis ; que (*sic*) la puanteur y est du tout insupportable, contre laquelle il ne trouvoit rien de plus propre que de tenir du pain au nez, lequel il avoit faict benir ; que dans la seconde grotte ou chambre

des *Ephémérides* (en 2 volumes de plus de 2300 pages, avec planches et figures), il composa divers ouvrages qui sont d'une extrême rareté. On ne sait où mourut Villon... ». J'ajouterai à ces précieux renseignements que Villon est mentionné dans la correspondance de Peiresc et de Philippe Fortin de la Hoguette (année 1634) comme ayant composé un livre où il expliquait « les raisons du flux et reflux de la mer ».

(1) Esberard n'a pas été moins négligé que Villon dans les grands recueils de Paris, comme dans les recueils provinciaux. M. de Joannis lui-même, malgré ses plus actives recherches, n'a pu rien m'apprendre sur l'*excellent poète*. Il a constaté seulement qu'il y a eu des Esbérard notaires à Carpentras à la fin du XVe siècle et au commencement de XVIe ; qu'il y en a eu aussi à Mazan, mais point à Flassan, car il n'a pas rencontré ce nom une seule fois dans les registres de l'état civil de cette commune (1572-1790). Cette assertion d'un chercheur aussi consciencieux me ferait croire que l'auteur de la *description* s'est mépris, attribuant une origine carpentrasienne au philosophe né à Flassan et transportant, au contraire, à Flassan le berceau du descendant des notaires de Carpentras. Quoi qu'il en soit, il serait bien intéressant de retrouver les poèmes d'Esberard et aussi de savoir en quoi consistaient ses nombreuses et belles inventions pour les comédiens. Je prie tous les bibliophiles, tous les curieux du bon pays de France, de chercher à nous donner des nouvelles de l'*Abeille céleste*, de la *Guêpe infernale*, et des secours que l'art dramatique, dans la première moitié du XVIIe siècle, dut à cet enfant du Comtat si oublié de son ingrate patrie.

(2) Note marginale écrite par Peiresc : « Au moings le leur a-t-on ainsin faict à croire, pour excuse de ce qu'il ne leur rendoit quelque argent qu'ils luy avoient presté ».

où sont les gros anneaux de fer y a tout à l'entour contre le rocher des marques noyres qui tesmoignent qu'on y a faict souvent des feux ; que le degré qui est au bout d'icelle est à ceste gauche, et qu'il est assez rude et mal taillé, et en outre qu'on y passe assez pressé, d'autant que on touche le dessus de degré avec la teste, et ainsi de mesme tout au long d'iceluy : que ce grand rond qui est au pied dudict degré et au milieu duquel est le puytz, est en forme d'une niche, mais d'une hauteur desmesurée; que la piece de boys qui traverse le puytz a bien vingt pans de longueur (1), et qu'il est bien difficile (2) qu'elle ait esté passée par le destroict et contours par où il y estoit entré; et que lorsqu'on jette quelque pierre dans le susdict puytz, elle demeure un assez long temps de parvenir dans l'eau, et qu'alors se faict un retentissement avec vagues et bruict ou retentissements (3) espouvantables, et qu'il en sort une puanteur bien importune (4). Toute ceste description m'a encores esté confirmée par un personage de Carpentras qui a cognu familierement lesditz Villon et Esberard, et ausquelz il l'a ouy faire fort peu différente. Et cecy suffit pour la cognoissance de ladicte grotte ; car, quant au motif qui les porta dans icelle, comme ils s'y gouvernerent, et ce qu'ils en

(1) Autre note marginale de Peiresc : « Et de cette façon si la haulteur de la niche est si desmesurée, elle doibt sans doubte avoir eu son ouverture au hault de la colline, comme le soubspirail d'un puys, et la pièce de boys auroit peu estre bien facilement desvallée de là jusques en la place où elle est posée. »

(2) Peiresc a remplacé le mot *impossible* par les mots *bien difficile*.

(3) Peiresc, avec son amour de la modération en toutes choses, a substitué les mots *bruict ou retentissements* aux mots *cris et hurlements*.

(4) Le bon goût de Peiresc a ici encore adouci l'expression et changé puanteur *du tout extrême* en *puanteur bien importune*.

peurent profiter, c'est d'une consideration autre (1), laquelle neantmoins par les evenementz asseure de plus en plus la vérité du susdict recit.

(1) Bibliothèque d'Inguimbert. Collection Peiresc, vol. LIII, f° 163. On trouve (f° 164) les lignes suivantes tracées par Peiresc : « Advis d'un autre sur cette dernière relation. — Ces grottes du mont Ventoux peuvent avoir servy de retraicte à quelques habitans des lieux voisins, en cas de guerre et d'incursion de peuples barbares, comme il est practiqué en autres lieux, et avoir esté originairement accomodées à l'usage de quelque carrière (s'il y a de la pierre plus propre que le commun à des bastiments d'importance), ou bien de quelque sorte de mine, de quel metail que ce puisse estre, soit de cuivre ou d'argent ou d'or, et possible d'autre mineral qui vallusse la peine de l'aller chercher et fouiller jusques au fonds de ce grand puis, à quoy le passage des eaux qui y coulent pouvoit faire de la commodité à ceux qui y travailloient. Auquel cas la puanteur seroit un grand indice de la qualité metallique ou bytumineuse des autres grottes qui peuvent estre soubs celles de l'embouchure, et comme la haulteur de la niche dans laquelle est le dict puys pouvoit servir à loger des machines propres à eslever de grands fardeaux, soit de cartiers de pierre, ou de minières, du plus profond dudict puys ; aussy les gros anneaux de fer de l'antigrotte pouvoient avoir servy pour y arrester des gros cordages passez en diverses poullies, pour ayder à faire monter obliquement les mesmes cartiers de pierre ou de miniere, depuis le hault dudict puys jusques en la dicte grotte supérieure par les 8 ou 9 degrez qu'on dict y estre taillez entre deux... ». L'auteur de l'*Advis* s'occupe ensuite des vents, à propos du vent de la grotte. Nous ne le suivrons pas plus loin et nous nous contenterons de redire, avec M. Lambert (tome II, p. 317), qu'il ne serait pas sans intérêt pour la géologie du département de Vaucluse de retrouver cette grotte, que personne aujourd'hui ne connait, et où, certainement, il faut voir, avec l'auteur de l'*Advis*, une ancienne mine, qui, déjà du vivant de Peiresc, était depuis longtemps abandonnée.

MARSEILLE. — IMPRIMERIE MARSEILLAISE, RUE SAINTE 39.

www.ingramcontent.com/pod-product-compliance
Ingram Content Group UK Ltd.
Pitfield, Milton Keynes, MK11 3LW, UK
UKHW020205200726
13856UKWH00003B/1201

9 782013 543408